KB042707

만렙
버서커

만렙 버서커 2

초판 1쇄 인쇄일 2016년 4월 22일 | **초판 1쇄 발행일** 2016년 4월 26일

지은이 슈빌 | **펴낸이** 곽중열 | **담당편집 팀장** 이범수
편집부 신연제 이윤아 김은경 홍현주

펴낸곳 (주)조은세상 | 출판등록 제 2002-23호
주소 경기도 연천군 미산면 청정로1355
TEL 편집부 02)587-2966 | FAX 02)587-2922
e-mail bukdu@comics21c.co.kr

ⓒ슈빌 2016
ISBN 979-11-5832-536-7 | ISBN 979-11-5832-534-3(set) | 값 8,000원

만렙 버서커

슈빌 현대판타지 장편소설

NEO MODERN FANTASY STORY

②

북두
(주)좋은세상

CONTENTS

NEO MODERN FANTASY STORY

만렙
버서커

NEO MODERN FANTASY STORY

10. 살육

만렙 버서커

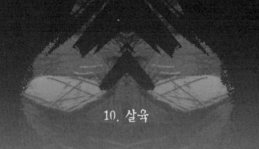

10. 살육

　김효종은 어찌할 바 모르며 눈치를 살폈다.

　권정대는 입가에 미소를 머금고 강해와 두 눈을 마주쳤다.

　"이거… 분명히 스카웃 제의를 드렸었는데 어떻게 된 일인지…."

　강해는 워해머를 오른손으로 옮겨 쥐며 그와 눈을 마주쳤다.

　"정석이가 먼저 덤벼들어서 손 좀 봐줬다."

　권정대의 얼굴이 일그러졌다.

　"지금 뭐라고…."

　호형호제 클랜은 모두가 한 형제처럼 지내는 것을 목표

로 둔다. 실제로는 힘으로 계급이 결정되는 군대 같은 곳이었지만.

그곳에서 유일하게 친형제가 있었는데, 권정대와 권정석이었다.

권정대는 두 눈을 번뜩이며 보랏빛 마나를 끌어올렸다.

"이 새끼가 진짜…."

그가 뭐라 말을 제대로 잇기도 전이었다.

'격노, 투혼, 폭주기관차 기어 4단 홍인(紅人).'

치이이이익.

강해의 전신이 끓어올랐다. 그의 피부는 붉게 물들었다.

'폭주.'

그의 두 눈이 붉게 빛났다.

강해는 이를 드러내며 씩 웃었다.

"명분이 섰다."

권정대가 미간을 찡그렸다.

"뭐?"

"천천히 즐기려고 했는데, 네놈 얼굴을 보니까 열이 뻗쳐서 안 되겠어."

"이 새…."

강해와 권정대를 포함한 호형호제 클랜과의 거리는 약 10m 안팎.

강해는 투구를 하듯 손에 든 워해머를 건물을 향해 집어던졌다.

후웅—

콰아아아아아아아아아아아아아아아앙—!

워해머는 건물의 중심을 뚫고 지나갔다.

쿠쿵, 쿠쿠쿵, 쿠쿠쿠쿵, 쿠웅!

단순히 워해머를 집어던진 것뿐인데 건물이 무너져 내렸다. 그전에 생긴 균열 탓도 있긴 했지만.

호형호제 클랜원들은 혼비백산으로 흩어져서는 얼이 빠진 표정으로 무너진 건물을 쳐다봤다.

그 시점에서 몇몇은 전의를 상실했다.

몇몇 클랜원들이 목소리를 높였다.

"아까 건물에 타격을 입혀둬서 그래!"

"원래도 오래된 건물이었다! 당황하지 마라! 저걸 무너트렸다고 놈이 센 게 아니야!"

"놈의 마나는 겨우 1성 수준이다. 신체능력이 뛰어난 걸 빼면 아무것도 없어!"

그들이 시끄럽게 떠드는 것을 한 번에 잠재운 것은 권정대였다.

"다들 뒤로 빠져 있어. 저놈은 내가 끝장낸다."

그의 전신에서는 보랏빛 마나가 물결치듯 움직였다.

강해는 씩 웃으며 그에게로 걸음을 옮기며 오른쪽 손바닥을 쫙 폈다. 그의 손바닥에는 생채기가 나 있었다. 피부가 전부 붉게 물들어 잘 드러나지 않았지만 피가 살짝 묻어 있었다.

'블러드 마그넷.'

쿵!

건물의 잔해에 묻힌 워해머가 튀어나와 빠르게 날아왔다.

땡!

"어억!"

워해머가 강해의 손아귀로 돌아오는 과정에서 한 클랜원이 안면을 맞고 쓰러졌다.

강해는 블러드 마그넷 기술을 통해 자신의 피를 묻힌 대상이나 물건을 밀어내거나 끌어당길 수 있었다. 모든 대상에게 통하는 것은 아니지만.

그는 워해머를 손에 쥔 채 두 눈을 붉게 번뜩이며 입에는 미소를 머금고 권정대를 향해 거침없이 걸었다.

'살의, 살의 극대화.'

강해가 극대화된 살의를 내비친 순간이었다.

"커허억!"

"끄흑!"

주변에 있던 클랜원들 중 일부가 그 자리에서 거품을 물며 쓰러졌다.

권정대는 미간을 찡그리며 양손을 치켜들었다.

'변형, 트롤의 양팔.'

보랏빛 마나가 순식간에 형상화 돼서는 권정대의 몸집보다 커다란 트롤의 팔로 변했다. 그는 곧바로 두 주먹을 쥐고 치켜들었다.

'지면 강타!'

권정대가 커다란 두 주먹으로 강해를 내려치기 직전이었다.

콰지직!

강해가 워해머를 휘둘렀다. 그 속도는 권정대의 공격과 비교가 불허했다. 워해머는 머리 위를 정확히 내리쳤고, 권정대의 목이 옆으로 틀어졌다.

콰아아아아아아앙—!

워해머는 그대로 바닥까지 내리찍었다.

푸확!

권정대가 사라졌다. 그는 양팔과 두 다리의 일부분만 남기고, 완전히 으깨져버렸다. 강해가 워해머를 들자 피와 짓이겨진 살점이 지익 늘어졌다. 바닥에는 토마토를 터트린 뒤 사지로 데코레이션을 해놓은 것처럼 보였다.

마치 시간이 멈춘 듯했다. 호형호제 클랜원들은 숨소리조차 내지 않았다. 그들의 클랜 서열 2인자, 5성 하급에서 중급을 아우르는 권정대가 단 한 방에 죽었다.

강해가 고개를 들고 두 눈을 번뜩이자 모두가 소리를 지르며 바퀴벌레처럼 흩어졌다.

도망치는 클랜원들은 살의 때문에 쓰러진 사람들, 조금 전까지만 해도 형제라고 부르던 이들을 내버려둔 채 줄행랑을 쳤다.

한창 끓어오르던 중 김이 샌 강해는 모든 기술들을 해제하며 눈썹을 찡그렸다.

"형제라고 하더니… 별거 없구만."

강해는 짧게 과거를 회상하며 한쪽 입꼬리를 가볍게 올렸다.

'대부분 죽음 앞에서는 우애고 뭐고 없긴 했지.'

모든 게 그가 진지한 한 방을 날리자 일어난 일이었다. 그것도 어디까지나 이성을 온전하게 유지하는 선이었지만.

자리에 남은 것은 김효종 단 한 명뿐이었다.

"너는 왜 안 가지? 내가 널 구해줬으니까 괜찮을 거라 생각해서?"

김효종은 밝게 미소를 지었다.

"아니요, 감사인사를 드리려고요."

"감사인사?"

"예, 그나저나 이제 저를 제법 친숙하게 느끼시나 봐요."

"왜? 반말해서? 기분 나쁜 건 아니지? 생명의 은인이잖아? 지금도 뭔지는 모르겠지만 감사인사를 하기 위해 기다리고 있는 거고."

"예, 괜찮습니다."

"그래, 나이도 내가 더 많으니까."

강해는 천천히 걸음을 옮기며 미간을 찡그렸다.

"그래서… 나한테 뭐가 고맙다는 거지?"

그는 주위를 둘러봤다. 죽은 권정대와 정신을 잃은 이들을 제외하고 호형호제 클랜원은 단 한 명도 남아 있지 않았다. 건물도 무너졌다. 강해 때문에 호형호제 클랜이 말 그대로 무너졌다.

"내가 너희 클랜을 없앴는데 뭐가 고맙다는 거야?"

김효종은 미소를 지어보였다.

"저는 원래 호형호제 클랜이 아니거든요."

"뭐?"

강해가 인상을 찡그렸다.

김효종은 입가에 시원한 미소를 머금고 고개를 가볍게 꾸벅인 뒤 말했다.

"진심으로 감사드리고, 정식으로 인사드리죠. 저는 슬로터 클랜의 김효종입니다. 다행이네요. 최강해 씨도 우리 쪽에 알맞은 사람 같아서 말이죠."

그는 슬로터의 말단 클랜원 중 하나였다. 주로 하는 일은 적대적인 클랜에 섞여들어 스파이를 하거나, 인원을 빼오는 것이었다.

강해는 미간을 찡그리며 말했다.

"너희 쪽에 알맞다고?"

"예, 힘이 굉장하시기도 하지만… 그런 것들을 떠나 같은 과라고 할까요? 분명…."

그는 말을 하다 말고, 고개를 빼서 강해의 뒤쪽으로 시선을 옮겼다.

"아, 저기 아직 부서지지 않은 호형호제의 잔재가 달려 오네요."

강해가 뒤로 고개를 돌렸다.

30대 중반 정도로 보이는 한 남자가 등에 대검을 차고 무섭게 달려오고 있었다. 그는 호형호제의 큰형님이자 서열 1위인 김홍수였다.

[김홍수]
특성 : 광전사
잠재력 : 666

50m 이상 떨어진 거리, 김홍수는 곧장 대검을 빼들어 양손으로 꽉 쥐었다.

강해는 그의 특성인 광전사에 집중하며 싱긋 웃었다.

'재밌네.'

두 사람의 거리가 10m 안팎으로 좁혀졌을 때였다.

"무슨 짓을 한 거냐!"

김홍수가 두 눈을 번뜩이며 소리쳤다.

'투기.'

그의 전신에서 주황빛 마나가 이글거렸다.

그리 길지 않은 머리마저 하늘을 향해 아지랑이처럼 섰고, 상반신 근육은 옷을 뚫고 나올 것만 같았다.

50m 이상 떨어진 거리, 김홍수는 곧장 대검을 빼들어

양손으로 꽉 쥐었다.

강해는 그의 특성인 광전사에 집중하며 싱긋 웃었다.

'재밌네.'

두 사람의 거리가 10m 안팎으로 좁혀졌을 때였다.

"무슨 짓을 한 거냐!"

김홍수가 두 눈을 번뜩이며 소리쳤다.

'투기.'

그의 전신에서 주황빛 마나가 이글거렸다.

그리 길지 않은 머리마저 하늘을 향해 아지랑이처럼 섰고, 상반신 근육은 옷을 뚫고 나올 것만 같았다.

김효종은 싸움에 휘말리지 않기 위해 멀찌감치 떨어졌다.

강해는 오른손으로 워해머를 치켜들고는 아무 대비도 않은 채 가만히 서 있었다.

'실력 좀 볼까….'

'투혼.'

그의 나쁜 버릇이 나왔다. 싸움에 진지하게 임하며 압살하는 것이 아니라, 전투 그 자체를 즐기며 상대의 실력을 보는 습관.

권정대를 죽이고 호형호제 클랜원들이 전부 도망치는 과정에서 분노가 사그라든 탓도 있었다.

분노야 끌어올리려면 얼마든지 할 수 있긴 했지만.

그게 가장 잘하는 것이기도 했고.

김흥수가 대검을 사선으로 크게 휘둘렀다.

후웅—!

강해는 두 눈을 부릅뜨고 있었는데 입가에는 미소를 잔뜩 머금고 있었다.

그는 워해머를 아래서부터 사선으로 휘둘러 대검을 맞받아쳤다.

쩌엉—! 끼기기기기기기기긱.

김흥수가 휘두른 대검이 워해머를 반으로 쪼개며 파고들었다.

"어라?"

그 순간 그가 휘두른 대검의 정보가 떠올랐다.

[오거의 검]

근력 : +60 민첩성 : −50 체력 : +20

직접 피부가 닿지 않아도 무기끼리 맞부딪치는 것으로 해당 장비의 정보를 알 수 있었다.

김흥수는 이를 악물고 기합을 외치며 강해의 손까지 벨 생각으로 대검을 휘둘렀다.

끼익! 팅!

강해는 워해머를 놓고, 양손을 뻗어 검날을 잡았다.

그는 여전히 두 눈을 부릅뜨고 있었는데, 코 아래로는 이를 드러내며 활짝 웃고 있었다.

"좋아, 좋아."

그는 동강난 워해머를 힐끗 내려다봤다.

완전히 동강나버린 터라 더 이상 쓸 수 없었다.

그는 다시 김흥수와 눈을 마주쳤다.

"무기는 좀 아깝지만, 이곳에 와서 만나본 놈들 중 최고다!"

김흥수는 강해에게 잡힌 대검을 빼내려 안간힘을 썼지만 꿈쩍도 하지 않았다.

'무슨 힘이…'

강해가 대검을 놓자 힘을 주고 있던 김흥수의 균형이 무너졌다. 하지만 그는 곧바로 자세를 고쳐 잡고는 이를 악물었다.

김흥수는 순수 능력치만 따졌을 때 5성 상급 수준이었다. 근력, 체력, 민첩성, 주문력, 정신력 모두 균등했고.

그는 수억을 호가하는 오거의 검을 사용한다.

그가 대검을 휘두를 때 상승하는 능력치를 고려하면 체력은 6성 하급, 근력은 6성 상급 수준이다.

강해는 그런 김흥수를 힘으로 완벽하게 압도하고 있었다.

김흥수는 좀 더 전력을 살펴야 된다고 판단, 묵직한 대검을 자유자재로 휘둘렀다.

부웅— 훙, 후웅— 훙, 훙, 훙—!

강해는 제자리에서 거의 움직이지도 않고 모든 공격들을 가볍게 피해냈다.

"제기랄!"

김흥수가 대검을 크게 휘두를 때였다.

텅!

강해가 대검의 옆면을 손바닥으로 밀어치며 순식간에 간격을 좁혔다.

떠엉!

그가 김흥수의 복부를 짧게 끊어 쳤다.

치이이이이이익— 콰콰콱!

김흥수는 뒤로 길게 밀려나다가 대검을 바닥에 꽂아 겨우 멈췄다.

"커헉!"

그는 인상을 잔뜩 구긴 채 강해를 노려봤다.

'슬로터인가? 아니야, 그쪽 클랜장도 이 정도는 아니다. 대체 어디서 이런 놈이 튀어나와서….'

콰앙—!

강해가 오른발을 바닥에 구르며 크게 소리쳤다.

"그게 끝인가? 뭔가 더 해봐! 더 있잖아! 아직 보여줄 게 많잖아!"

김흥수는 자세를 고치고, 대검을 들어 올리며 나지막이 말했다.

"그럴 생각이다."

강해는 흡족스러운 듯 미소를 지었다.

"그래, 그래야지."

김흥수가 두 눈을 번뜩였다.

'돌진.'

퍼엉!

'차지.'

퍼엉!

그의 등 뒤와 두 발에서 뿜어져 나온 주황빛 마나가 제트 엔진처럼 추진력을 가했다.

김흥수는 강해에게 일직선으로 튀어나가며 대검을 치켜들었다.

강해는 물러서지 않고 오히려 걸음을 내딛었다. 대검의 간격 안으로 들어가서 손목부터 잡아낼 생각이었다.

'살기 분출.'

김흥수가 두 눈을 번뜩이며 살기를 내뿜었다. 강해가 쓰는 살의와 흡사했다. 대상의 동작을 잠시 늦추는 것에 목적이 있었다.

강해에게 통할 리 없었지만.

'살의.'

대검을 치켜든 김흥수는 도리어 자신이 경직되는 것을 느낄 수 있었다.

'제기랄!'

'광기.'

그의 두 눈에서 주황빛이 뿜어져 나왔다. 그에게 더 이상 살의는 아무런 효과를 미치지 못했다.

김흥수는 광기에 젖은 채 대검을 크게 휘둘렀다.

'내려찍기.'

그 순간 그는 강해의 눈빛을 보고 말았다. 실망감이 가득한 두 눈에서는 지루함마저 묻어났다.

'폭주기관차 기어 4단.'

터어어어엉―!

강해는 오른쪽 손바닥으로 대검의 날을 그대로 받아냈다. 대검은 그의 손바닥에 생채기조차 남기지 못했다.

폭주기관차 기어 4단은 전신이 불타오르듯 뜨거운 열기를 뿜어내며 근력, 체력, 민첩성 전부 끌어올린다.

버서커로서의 강해에게는 몇 안 되는 방어적인 기술이라 볼 수 있었다.

강해는 대검을 받아내면서도 실망감이 가득했다.

김흥수는 믿을 수 없다는 눈으로 쳐다봤다.

"대, 대체… 정체가 뭐냐? 어째서… 마나는 거의 느껴지지도 않는 수준인데…."

강해는 시큰둥하게 물었다.

"너 몇 성이지? 고작 이 정도밖에 안 되나?"

김흥수는 다시 광기에 젖어들었다.

"이놈이 나를 무시해―!"

'올려치기.'

그는 강해의 손에 잡혀 있던 대검을 뽑아 다시 머리 위로 치켜들었다.

'분노의 일격.'

강해는 손을 쫙 편 채로 김흥수를 향해 뻗었다.

'블러디 핸드, 악마의 손아귀.'

그의 손은 순식간에 붉은 피로 휘감겼고, 이내 거대하게 형상화되어 김흥수를 덮쳤다.

"크윽!"

커다란 손의 검지와 중지 사이로 머리가 나와 있었고, 나머지 신체 부위는 꽉 잡혀 있어 김흥수는 꼼짝도 할 수 없었다.

그는 이내 손에 쥐고 있던 대검마저 떨어트리고 말았다.

강해가 왼손으로 뒤통수를 긁적거렸다.

"기대한 내가 바보였지… 워해머를 베어낼 땐 조금 설레었거든."

❖

김흥수는 여전히 광기로 가득 찬 눈으로 강해를 노려보고 있었다.

강해는 미소를 지어보였다.

"그런 눈빛은 꽤나 마음에 든다만…"

그가 말을 마치기 전이었다.

김흥수는 두 눈을 똑바로 마주치며 물었다.

"강한 상대가 좋은가? 단지 전투를 위해서 이런 일을 벌인 건가?"

"뭐 그렇지. 네놈 클랜을 쳐부순 건 그런 이유 때문이 아니다만. 아무튼 넌 너무 약하다. 광전사라서 뭔가 더 있을 줄 알았더니… 피도 사용하지 못하는 건가? 분노조차 제대로 끌어내지 못하고 있어. 그저 약간의 광기에 기대는 게 전부…."

김홍수가 강해의 말허리를 잘랐다.

"그럼 보여주지. 이런 곳에서 이렇게까지 해야 될 줄이야…."

그의 전신에서 뿜어져 나오던 주황빛 마나의 색깔이 바뀌기 시작했다.

'광기의 악마.'

김홍수는 어두운 보랏빛 마나로 전신이 휘감겼다.

이내 그는 전신에 보랏빛 마나를 뒤집어쓴 모습으로 변했고, 두 눈만이 주황빛으로 빛났다.

김홍수의 비기와도 같은 것이었다. 다른 기술을 사용할 수 없게 되는 대신에 신체능력을 대폭 높이는 것이었다.

파앙!

그가 몸을 크게 비틀자 악마의 손아귀가 단번에 사라졌다.

강해는 블러디 핸드와 폭주기관차 기어 4단마저 해제하고 미소를 머금은 채 그를 쳐다봤다.

"그래! 이런 걸 기다렸다! 네 모든 걸 보여봐!"

김흥수는 바닥에 떨어져 있던 대검을 주워들었다.

"죽여주마."

그는 말을 마치자마자 대검을 휘둘렀다. 방금 전과는 달리 한 손으로도 가볍게 다뤘다.

후웅—

강해는 검을 피하고, 순식간에 그의 옆으로 돌아갔다.

김흥수는 고개를 돌리며 인상을 구겼다.

'피했어? 그리고 언제 옆으로…'

턱, 콰아아아아앙—!

강해가 오른손으로 그의 안면을 잡아 바닥에 처박았다.

"크윽!"

김흥수는 인상을 구기며 몸을 일으키려 했다.

"튼튼하구만!"

강해가 그의 얼굴에서 손을 떼는 동시에 축인 왼발의 위치를 옮기며 오른발을 들어 올렸다.

콰앙! 쾅! 쾅! 콰아아아앙—!

강해는 연속으로 안면을 짓밟았다. 마지막에는 그의 머리가 바닥을 파고들어 심어진 것처럼 깊숙이 들어가 있었다.

후웅—!

김흥수는 머리가 땅에 묻힌 채로 대검을 휘둘렀다.

강해는 제자리에서 가볍게 뛰어올라 피해내며 미소를 머금었다.

콰아아아아아아아앙—!

그는 착지를 하는 동시에 발을 거세게 굴렀고, 또다시 김
홍수의 안면을 짓밟아 땅속으로 더 깊숙이 묻어버렸다.

강해는 유유히 걸음을 옮겨서는 김홍수를 쳐다보고 있었
다. 그가 다시 일어나길 기다리는 것이다.

그의 기대에 부응하듯 김홍수가 자리에서 벌떡 일어났
다. 그는 강해에게 짓밟힌 시점부터 다시 일어나는 지금까
지 단 한 번도 대검을 손에서 놓지 않았다.

광기의 악마가 돼서 강인한 신체를 얻은 덕분이었다.

"이 빌어먹을…."

그가 말을 마치기 전이었다.

터터텅!

강해가 순식간에 거리를 좁혀 복부에 연타를 날렸다.

"크흑!"

김홍수의 허리가 새우처럼 굽어졌다. 그는 이를 악물고
대검을 들어 올렸다. 하지만 강해는 이미 품안으로 파고들
어 대검으로 공격하는 건 무리였다.

터엉—!

강해가 오른손 장저로 김홍수의 아래턱을 올려쳤다.

틱, 콰앙!

강해는 곧바로 올려쳤던 손을 움직여 그의 뒤통수를 움
켜쥐고 바닥에 얼굴을 처박았다.

콰아아아아앙—!

김흥수는 마침내 대검을 손에서 놓았다. 그는 양손으로 바닥을 짚어 몸을 일으키려 했다.

"아직이야."

강해가 조롱하듯 말하며 다시 그의 안면을 바닥에 연속으로 처박았다.

쾅! 쾅! 쾅! 쾅! 쾅쾅쾅쾅! 콰앙—!

"끄으으······."

김흥수가 짧은 신음을 내뱉었다. 강해는 여전히 뒤통수를 잡은 채 그의 옆에 쪼그려 앉아 나지막이 말했다.

"나름대로 재미있긴 했지만, 기술 하나 사용할 수 없다니··· 그건 좀 실망인데."

강해는 지금 세상에 와서 처음으로 힘을 꽤 많이 쓰고 있었다. 그렇게 공격을 했는데도 아직까지 김흥수에게 숨이 붙어 있는 것이다.

단, 그가 쓸 수 있는 수많은 기술들 중 단 한 가지도 사용하지 않은 상태에서의 얘기였다.

강해는 어떠한 기술의 힘도 빌리지 않고, 몸에서 우러나오는 순수한 힘 하나만으로 근력, 민첩성, 체력만큼은 7성에 다다른 광전사이자 광기의 악마인 김흥수를 어린애 데리고 노는 것처럼 손쉽게 제압한 것이다.

분노로 인해 권정대를 한 방에 죽였을 때는 온 힘을 다하는 대신 여러 기술을 사용한 상태에서 워해머를 가볍게 휘둘렀다.

그것만으로 권정대를 폭사에 가까울 정도로 처참하게 죽인 것이었다.

물론 권정대 정도는 강해가 지금처럼 순수한 육체의 힘만으로도 한 방에 즉사시켰겠지만.

순수한 신체능력만으로 전투를 할 때도 분노의 정도에 따라 그 힘의 차이가 크기도 했고.

강해는 지금 즐기고 있었다.

김홍수와 전투를 벌이는 지금 이 순간 강해의 머릿속에 떠오른 것은 두 가지였다.

하나는 10성급 몬스터와 헌터였다.

'10성급이라면 내가 마음껏 싸울 수 있을까? 기술을 마구 펴부으면서 힘도 마음껏 쓰고….'

또 다른 하나는 새로운 발전가능성에 대해서였다.

'이거라면….'

강해는 휴지뭉치를 툭 던지듯 김홍수를 가볍게 다뤘다.

"크윽."

김홍수는 바닥을 몇 바퀴 구르고는 비틀거리며 자리에서 일어났다.

강해가 검지를 까딱거렸다.

"그래도 아주 영양가가 없지는 않았어. 네놈 덕분에 좋은 생각이 떠올랐다. 다시 덤벼봐."

김홍수는 이를 악물고 두 눈을 번뜩였지만 달려들지는 못했다. 패배가 너무나 뻔한 싸움, 전의를 상실한 건 당연한 수순이었다.

이내 그는 광기의 악마를 해제하고 원래 모습으로 되돌아왔다. 보랏빛 마나가 걷히자 피투성이인 김홍수의 얼굴이 드러났다.

강해는 뒷머리를 긁적거리며 아쉽다는 듯이 말했다.

"이제 싸울 생각이 없는 건가?"

김홍수가 되물었다.

"나는 죽겠지?"

"네놈이 먼저 날 죽이려고 덤볐는데 살길 바란 건가?"

김홍수는 멀찌감치 떨어져서 상황을 지켜보고 있는 김효종을 힐끗 쳐다본 뒤 물었다.

"슬로터인가?"

"무슨 소리야?"

"그렇다면 왜 그랬지?"

"네놈 아래 있는 것들이 먼저 시작한 일이다.

"대체 왜… 무슨 원한이 있어서 이런…."

김홍수는 억울함을 토로했다.

3년에 걸쳐 호형호제란 클랜이 완전히 자리를 잡았고, 이제 블랙마켓에 연관이 있는 슬로터 클랜을 없애면 명성이 높아졌을 거라고.

"네놈이 모든 걸 망쳤어."

강해는 미간을 찡그리며 물었다.

"슬로터가 블랙마켓에 연관이 있는 곳인가?"

"그래."

슬로터(slaughter)는 말 그대로 살육을 뜻하는 클랜이었다. 그들은 완전히 블랙마켓에 속한 범죄자 집단은 아니었다. 본래는 몬스터를 살육하는 의미로 이름이 붙은 곳이다.

하지만 근래 들어서 블랙마켓에 속한 클랜 하나와 거래가 시작되면서 같은 헌터들을 살육한다는 얘기가 돌기 시작했다.

아직 정확한 증거를 파악하지 못해 협회 측에서는 지켜보고 있는 상황이었다.

김흥수가 말했다.

"조금만 더 있었으면 놈들을 잡을 수도 있었는데… 대체 왜! 넌 뭔데 갑자기 나타나서 지랄…."

강해가 피식 코웃음을 쳤고, 김흥수는 말을 멈췄다.

강해는 고개를 가볍게 갸우뚱거리고 물었다.

"그랬으면 행동을 조심했어야지."

"……."

"지금 하는 말이 이거잖아. 너희들은 궁극적으로 좋은 일을 하는 클랜인데, 갑자기 내가 나타나서 모든 걸 망쳤다고. 그런데 네놈들이 하던 짓거리로 봐서 좋은 놈들은 절대 아닌 거 같은데?"

"……."

"내 말이 틀리냐? 같은 식구라고, 형제라고 하는 놈들도 괴롭히면서 무슨…."

김홍수는 불쾌하다는 듯이 인상을 구겼지만 별다른 반박을 하지 못했다.

　강해는 천천히 걸음을 떼며 말했다.

　"내가 오래 살면서 느낀 게 하나 있는데, 뭔 줄 알아? 멀리 떨어져서 보면 좋은 놈들이랑 나쁜 놈들 구분이 명확히 되거든? 근데 가까이 다가가서 들여다보면 이놈이나 저놈이나 똑같더라고."

　그는 두 눈을 번뜩이며 힘을 끌어올렸다. 다른 헌터들과는 달리 버서커로서 분노나 피를 사용한 고유의 힘이 아니었다.

　강해가 끌어올려 몸에서 아지랑이를 피우는 것은 정신력 14.5에 주문력 16으로 파생되는 순수한 푸른빛 마나였다.

　그리고 푸른빛 마나는 순식간에 시커멓게 변했다.

　"어쨌든 하던 건 마저 해야지?"

　김홍수는 인상을 구기며 한 걸음 뒤로 물러났다.

　"어떻게 할 셈이지? 날 죽일 셈인가? 지금 뭐 하자는 거지? 무슨 속셈이야?"

　강해는 한쪽 입꼬리를 길게 올렸다.

　"당연히 끝을 봐야지."

　전신에서 이글거리는 검은 마나는 어느새 그의 오른팔로 모여들었다.

　김홍수는 검지를 세워 김효종을 가리키며 소리쳤다.

"슬로터가 아니라며! 블랙마켓도 아니잖아! 죽여야 될 건 저놈이야! 그런데 왜 나를 죽…."

그가 말을 마치기 전에 강해가 피식 코웃음을 쳤다.

"무슨 헛소리를 하는 거야? 마치 네놈은 나를 죽이려고 하지 않았던 것처럼 말한다? 기본도 모르나? 누군가를 죽이려 들었을 땐 자신도 죽을 수 있다는 걸 알아야지."

점점 거리를 벌리며 언제든 도망칠 준비를 했던 김효종은 걸음을 멈추고 다시 상황을 지켜봤다. 그는 강해 역시 자신들과 같은 과라고 확신하며 입가에 미소를 머금었다.

'어떻게 하면 저 사람을 끌어들일 수 있을까….'

김홍수는 강해를 노려보며 소리쳤다.

"그건 네가 우리 클랜원들을…."

강해가 그의 말허리를 잘랐다.

"똑같은 소리 여러 번 하게 하지 마라."

"대체 왜 지랄이야! 왜 갑자기 나타나서 우리한테 지랄이냐고!"

강해는 고개를 가볍게 흔들고는 나지막이 말했다.

"마지막으로 할 말이 그거밖에 없어? 나라면 좀 더 그럴 듯한 유언이라도 남겨볼 텐데."

꽝!

그가 시커먼 마나로 휘감긴 오른손을 치켜들었다.

'광마의 팔.'

그의 시커먼 오른팔이 평소보다 두 배 이상 커졌다. 마치 시커먼 악마의 팔을 달아놓은 듯했다.

강해의 머릿속에는 자연스레 기술들이 떠올랐다. 자신의 분노와 피를 사용하지 않고, 순수하게 마나만 사용한 것들이었다.

'광기의 악마.'

김홍수는 황급히 기술을 쓰고, 대검을 집어 들며 뒤로 몸을 날렸다.

콰아아아아앙—!

강해의 오른손이 바닥을 내리찍으며 굉음이 울렸고, 바닥이 분화구처럼 깊게 파였다.

그의 주문력과 정신력은 너무나 낮았고, 기술들의 위력이 약한 것 또한 당연했다. 하지만 마나를 사용한 기술을 보조로 써서 뛰어난 신체능력을 살리는 방식이라면 충분히 강력했다.

가까스로 공격을 피한 김홍수는 거친 숨을 몰아쉬었다. 보랏빛 마나로 전신이 덮여 있어 보이지는 않았지만, 식은 땀이 비 오듯 내렸다.

"대체 뭐야! 저 괴물은 뭐냐고—!"

강해는 김홍수를 신경도 쓰지 않고 시커멓고 커다란 자신의 오른손을 들여다봤다.

'처음이라 그런가, 아직 컨트롤이 잘 안 되는구만…'

그는 고개를 들고 이를 드러내며 웃었다.

"좀 더 해보면 되겠지! 넌 이제부터 날 위한 실험용 쥐다! 한 방에 죽이진 않을 테니까 걱정 마. 만약 백 번을 버텨내면 살려주지."

그는 말을 마치자마자 오른손을 치켜들고 달려들었다.

김흥수는 황급히 대검을 휘둘렀다.

쩌엉!

강해의 오른손과 김흥수의 대검이 맞부딪쳤다.

김흥수는 뒤로 멀리 밀려나면서 바닥을 긁는 소리가 울렸고, 대검은 그의 손에서 금방이라도 떨어질 것처럼 부들부들 떨렸다.

강해는 다시 자신의 시커먼 오른손을 들여다봤다. 대검과 맞부딪쳤는데도 생채기 하나 없었다.

"쓸만한데."

그는 곧장 다시 오른손을 치켜들며 달려들었다.

"아직 99번 남았다!"

김흥수는 "으아아아!"하고 소리치며 대검을 휘둘렀다.

쩡!

그는 대검으로 강해의 손을 막아냈다. 하지만 강해는 여유를 잔뜩 머금은 미소를 지으며 대검을 천천히 짓눌렀다.

검날이 조금씩 김흥수 쪽으로 기울었다.

"끄으으— 으아아아아!"

김흥수는 고함을 치며 강해의 오른손을 밀어냈다. 튕겨낼 요량이었지만 힘이 부족해 그건 불가능했다.

강해는 기쁘다는 듯이 다시 오른손을 치켜들었다.

"아직 할 수 있잖나! 98번만 더 막아봐!"

쩡! 텅! 터텅, 텅.

강해가 오른손을 휘둘렀고, 대검이 멀리 튕겨져 나갔다.

김홍수는 더 이상 광기의 악마 상태를 유지할 수 없었고, 피투성이의 원래 모습으로 돌아왔다.

강해는 실망감이 가득한 표정을 지었다.

"벌써 끝인가?"

김홍수는 거친 숨을 몰아쉴 뿐, 아무런 말도 하지 않았다. 그는 겸허히 죽음을 받아들이려 했다.

강해가 천천히 다가가며 오른손을 치켜들었다.

"그래도…."

그는 자신의 시커멓고 커다란 오른손을 힐끗 쳐다본 뒤 말을 이었다.

"덕분에 이런 걸 얻었으니 고통 없이 보내주마."

강해가 기술을 써서 숨통을 끊기 직전이었다.

"으, 으아아아—!"

갑작스레 김홍수가 몸을 돌려 도망치기 시작했다. 조금 전까지만 해도 죽음을 받아들이려 했지만, 결국 공포에 무너진 것이다. 죽기 싫었고, 목숨이 아까웠다.

강해는 떫은 표정을 짓고는 금세 김홍수의 뒤로 바짝 다가섰다.

'광마의 송곳니.'

그가 오른팔을 뒤로 당겼다가 전방으로 길게 내질렀다. 그때 강해의 오른손 끝은 시커먼 뿔처럼 변해 있었고, 김흥수의 등을 꿰뚫어 가슴으로 튀어나왔다.

김흥수는 비명도 지르지 못하고 삐죽하게 변한 오른팔에 꿰뚫린 채 축 늘어졌다.

강해가 나지막이 말했다.

"약속은 지켰다."

그가 팔을 거뒀고, 숨이 끊어진 김흥수는 풀썩 쓰러졌다.

강해는 곧바로 몸을 돌려 대검이 있는 쪽으로 걸음을 옮겼다.

[최강해]

나이 : ???

신장 : 186cm

체중 : 93kg

종족 : 인간

특성 : 버서커

근력 (???) 체력 (???) 민첩성 (???)

정신력 (20) 주문력 (21) 잠재력 (???)

그의 정신력과 주문력이 상승했다. 능력치는 던전에서 생기는 퀘스트를 처리하며 생기는 포인트로 올릴 수 있다.

하지만 기본적으로는 타고나는 것과 훈련 및 전투를 통해 올린다.

강해는 여태까지 수많은 전투를 치르며 항상 피와 분노를 사용해왔다.

그가 힘을 사용할 때 마나가 느껴지는 것은 지니고 있는 마나가 함께 드러날 뿐이었다.

마나만을 사용해서 전투를 치른 것은 이번이 처음이었고, 짧은 전투치고는 높은 수치의 정신력과 주문력이 상승했다.

강해가 마나만을 사용해 쓴 기술들은 사실 범위나 그 모양새만 다르게 할 뿐, 맨몸으로 싸운 것과 크게 다르지 않았다.

하지만 그는 가능성을 볼 수 있었다.

'이것도 제법 쓸만하겠어. 잘하면 생각 이상으로…'

그가 마나를 사용한 전투에 흥미를 느끼며 대검을 주워 들 때였다.

짝짝짝짝짝짝짝짝, 박수 소리가 울렸다. 김효종이 미소를 머금고 박수를 치면서 강해를 향해 걸어오고 있었다.

강해는 대검(오거의 검)을 등 뒤로 차고는 미간을 찡그리며 입술을 실룩였다.

김효종은 가까이 다가와 눈을 똑바로 마주치며 생긋 웃어 보였다.

"대단하십… 컥!"

그가 말하는 도중 강해가 오른손을 뻗어 그의 양 볼을 잡았다.

김효종은 두 눈을 크게 뜨고 뭉개진 발음으로 물었다.

"왜, 왜 이러십니까? 뭐 때문에 이러시는지는 몰라도 일단 이것 좀 놔주…."

강해는 손에 힘을 주며 미간을 찡그렸다.

"으그그그극!"

김효종은 인상을 찡그리며 발버둥을 쳤지만 강해의 손아귀에서 빠져나갈 수는 없었다.

강해가 그의 다리를 걸어 넘어트리는 동시에 얼굴을 잡고 있던 손을 놓았다. 그러고는 오른발로 뒤통수를 지그시 밟았다.

김효종은 곧바로 양손을 바닥에 짚으며 벗어나려 했는데, 그때 강해가 나지막이 말했다.

"머리통이 썩은 수박처럼 박살나기 싫으면 얌전히 있어."

김효종은 곧바로 몸에서 힘을 빼며 떨리는 목소리를 냈다.

"왜, 왜 이러십니까…."

"슬로터 클랜이라고 했지?"

"예, 그렇습니다."

"호형호제 클랜하고는 왜 대립한 거였지?"

강해는 발에 살짝 힘을 더 주면서 말을 이었다.

"헛소리를 하는 순간 죽는다."

김효종은 바닥에 시선을 고정한 채 말했다.

"아, 알겠습니다. 그저 이념의 차이입니다."

"이념?"

"예, 예. 저희 클랜도 다른 클랜들과 다를 바 없습니다. 그저 블랙마켓 쪽 클랜 하나와 약간 연관이 있을 뿐입니다."

"블랙마켓이면 범죄자들 소굴 아닌가?"

"꼭 그렇지도 않습니다. 탈세를 하니 블랙마켓에 속해 있다면 전부 범죄를 저지른다고 할 수는 있겠지만, 그것뿐인 경우도 많아요. 오히려 더 썩은 놈들은 여기저기 널렸습니다."

그는 엎드린 채 손을 뻗어 죽은 김홍수를 가리키며 말을 이었다.

"호형호제 클랜 놈들 봤잖습니까? 블랙마켓을 쓰레기 집합소로 치부하지만, 실상은 자신들의 명예를 위해 깎아내릴 대상이 필요한 것뿐이죠. 저놈도 그랬잖아요? 자신들의 잘못 따위에는 관심이 없습니다. 그저 명분이 있고 마음에 안 들면…."

강해가 그의 말을 끊었다.

"요점만 말해."

"그러니까 제가 당신한테 이런 취급을 받을 이유가 없다는 겁니다."

김효종은 양쪽 손바닥으로 바닥을 내리치며 말을 이었다.

"아니, 애초에 최강해 씨가 블랙마켓에 대해서 이런 반감을 드러내는 게 더 이해가 안 됩니다. 던전에서 봤을 때나 지금이나 아무리 봐도 우리 쪽에 가깝다고 느끼는데요. 제 말이 틀립니까?"

"글쎄… 마지막으로 하나만 묻지. 김홍수의 말에 따르면 너희 클랜은 몬스터뿐만 아니라 다른 헌터들도 죽인다는 거 같던데?"

"당신도 방금 죽였잖아요!"

"그래, 그렇지. 하지만 나는 먼저 덤벼드는 놈들, 죽여야 될만한 놈들만 그런 거고… 듣자하니 너희 클랜은 좀 다른 거 같던데?"

김효종은 억울하다는 듯이 말했다.

"일로써, 청부를 받고 처리할 때가 있긴 하죠. 하지만 생각해보세요. 그렇게 누군가가 죽길 바라는 사람이면, 그런 원한을 산 사람이면 죽어 마땅한 짓을 하지 않았겠습니까? 저희도 크게 다를 건 없다는 겁니다. 게다가 저는 직접적으로 그런 일을 맡지도 않고요."

강해는 그의 뒤통수를 내려다보며 천천히 고개를 끄덕

거리다가 발을 치웠다. 김효종은 천천히 고개를 들어 강해를 올려다봤다.

"일어나."

강해가 말했다.

김효종을 눈치를 살피며 자리에서 일어나서는 얼굴과 옷을 털었다.

"가지."

김효종은 미간을 살짝 찡그리며 물었다.

"예? 어디를요?"

"너희 클랜이 있는 곳으로."

"네? 갑자기 왜…."

"나를 끌어들이고 싶던 거 아니었나?"

김효종이 눈을 크게 뜨며 되물었다.

"예?"

"나도 명분이 있어서 그런 건 좋아하거든. 봤잖아?"

"예, 예. 그랬었죠."

"가자고, 어서."

슬로터 클랜은 창동역 인근에 위치한 6층짜리 건물이다. 정확히는 그 건물의 4층을 임대하는 중이었다.

호형호제 클랜이 위치한 수유역과 거리가 가까웠는데,

이러한 지리적 요건도 호형호제와 슬로터가 대립하는 이유 중 하나였다.

동맹, 협약 따위를 맺은 게 아니라면 클랜과 클랜은 서로가 모두 경쟁 상대이다. 가까운 곳에 위치했고, 블랙마켓에 관한 이념도 다르며, 몬스터나 범죄자들로부터 일반인들을 지키겠다는 마음 따위는 없었다.

두 곳 모두 사리사욕을 채우는 것에 급급한 곳이며, 이따금씩 진입하는 던전도 겹치기까지 하니, 마찰은 필연적이라 볼 수도 있었다.

김효종은 슬로터 클랜 건물 앞으로 강해를 데려갔다.

"다 왔습니다. 여기입니다."

그는 바보가 아니다. 스파이 노릇까지 할 정도였으니 눈치도 있는 편이다. 아니, 강해가 싸우는 것을 지켜봤다면 누구나 알 수 있는 부분이었다.

김효종은 이에 대비를 했다. 강해와 오는 동안 휴대폰으로 클랜 측에 상황을 알렸다. 특히 혼자서 호형호제 클랜을 무너트릴 정도로 괴물이라고.

슬로터 클랜 건물 앞에는 클랜원들 여럿이 나와서 대기하고 있었다.

강해도 김효종이 자신의 클랜에 연락을 취하는 것쯤은 이미 파악하고 있었다. 좀 더 재미있는 상대를 위해 내버려 뒀던 것이다.

김효종은 잠시 눈치를 살피다 자신의 클랜원들이 있는

쪽으로 부리나케 달려갔다.

강해는 그를 굳이 잡지 않았다. 대신 눈앞에 있는 헌터들을 찬찬히 훑어봤다. 눈앞에 있는 인원은 총 9명이었다.

강해는 고개를 들어 건물 옥상 난간 위에 서 있는 세 남자를 올려다봤다. 그는 그들을 보면서 입가에 미소를 머금었다.

'이번에는 시시하지 않았으면 좋겠는데.'

강해는 단번에 세 남자가 주축인 것을 알아봤다.

"어이―! 내려오지 그래? 다 알고 있잖아?"

그들 중 민머리에 덩치가 큰 40대 초반의 한 남자만이 바닥으로 뛰어내렸다.

[윤성호]
특성 : 광석
잠재력 : 610

강해는 윤성호가 내려오자마자 곧바로 마나를 끌어올렸다.

'광마의 팔.'

그의 왼팔은 크기는 그대로를 유지하면서 시커먼 마나로 휩싸였다. 오른손으로는 등에 차고 있는 대검을 빼들었다.

윤성호는 6성 하급에서 중급을 아우르는데, 전신을 광석처럼 단단하게 만들 수 있었다.

그는 겉모습에 걸맞게 힘과 체력 수치가 높은 편으로 맞대결에 강했다.

그는 강해의 마나를 느끼고는 무서운 눈으로 김효종을 노려봤다.

"너 이 새끼 지금 나랑 장난하는 거냐? 저딴 놈 때문에 나는 물론이고, 클랜장님과…."

그가 말을 마치기 전이었다.

팡!

윤성호는 김효종에게서 황급히 시선을 떼고, 앞으로 고개를 돌렸다.

그때는 이미 강해가 대검을 치켜든 채 코앞에 다가와 있었다.

강해는 대검의 옆면을 내세워 크게 휘둘렀다. 오거의 검은 넓은 면적을 가졌기에 옆면으로 휘두르는 것은 공기의 저항을 심하게 받았다.

하지만 강해는 무식할 정도로 강력한 힘 그리고 민첩성으로 대검을 빠르게 휘둘렀다.

장비에 붙는 능력치들의 적용을 조금도 받지 못할 정도로 압도적인 그였다.

윤성호는 황급히 양팔을 들어 올리며 '광석화' 기술로 몸을 변형시키려 했다.

하지만 강해가 빨랐다.

콰지지지지직!

대검의 옆면은 윤성호의 머리를 내리쳤는데, 그대로 구겨버렸다.

윤성호는 선 채로 납작하게 찌그러져 척추가 접힘은 물론, 양발과 아래턱이 동시에 바닥에 닿아 있었다.

강해는 다시 대검을 들어 올렸다. 그는 어서 건물의 난간 위에 서 있는 두 남자를 올려다보며 말했다.

"약한 놈들은 찰흙 같지 않아? 잘 찌그러진단 말이지."

두 남자가 난간 위에서 뛰어내려 바닥으로 내려왔다.

장발에 날카로운 인상을 가진 남자는 당장이라도 달려들 듯이 하늘빛 마나를 끌어올렸다.

[조상태]
특성 : 쾌검
잠재력 : 545

슬로터의 클랜장인 조상태는 허리춤에 자신의 키만큼 기다란 검을 차고 있었다.

그는 곧바로 검을 빼들었고, 인상을 구겼다.

"무슨 짓을…"

강해는 조상태보다 옆에 있는 남자에게 관심을 보였다.

[티라퐁 멀빌라이]
특성 : 무에타이

잠재력 : 80

  까무잡잡한 피부에 왜소한 태국 남자였다. 잠재력도 80
밖에 안 된다.

  하지만 강해는 티라퐁에게서 이곳에 있는 그 누구보다
진한 피 냄새를 맡을 수 있었다. 그는 수백 명의 피에 절여
진 듯했다.

  강해는 그를 쳐다보며 씩 웃었다.

  '어느 나라 놈이지? 태국인가?'

  그는 단번에 티라퐁이 슬로터 클랜의 응원군임을 알 수
있었다.

  '아마 저놈이 슬로터 클랜하고 거래가 있는 블랙마켓 쪽
인원이겠지.'

  조상태가 소리쳤다.

  "무슨 배짱으로 혼자서…"

  강해가 귀찮다는 듯이 손을 내저어 그의 말허리를 잘랐
다.

  "넌 좀 닥쳐. 조무래기한테는 관심 없다."

  "뭐, 뭐?"

  조상태는 하늘빛 마나를 전신에 휘감았는데, 손에 쥐고
있는 검도 마찬가지였다.

  '신검일체(身劍一體).'

  그가 목소리를 높였다.

"성호가 방심했다고는 하나, 일격에 보낸 것을 보면 보통 놈은 아니겠지. 어디서 보낸 놈인지는 모르지만 온힘을 다해…."

강해가 인상을 찡그리며 말했다.

"말로 싸울 거냐? 덤빌 거면 빨리 덤벼."

"이, 이 새끼가—!"

조상태가 날아오르며 오른손에 쥔 기다란 검을 휘둘렀다.

채챙!

강해는 가느다란 막대기를 다루듯 대검을 휘둘러 막아냈다.

조상태는 황급히 거리를 벌리고 두 눈을 크게 떴다.

'뭐지? 어째서 저런 대검을 저렇게 빠르게…"

텅!

강해가 크게 발을 내디디며 오른손에 쥔 대검을 치켜들었다.

조상태는 이를 악물었다. 피하기엔 늦은 상태였다. 그렇다고 자신의 검으로 강해의 공격을 정면으로 받아낼 수 있을 거란 생각도 들지 않았다.

'제기랄.'

그때였다.

'기공파.'

'폭렬탄.'

두 남자가 강해를 향해 공격을 했다. 푸른빛의 둥그런 기공파와 야구공 크기의 붉은 폭렬탄 여러 개가 날아들었다.

'귀찮게 진짜.'

강해는 몸을 틀며 내리치던 대검의 방향을 틀어 옆면으로 휘둘렀다.

퍼퍼퍼퍼퍼퍼퍼퍼펑!

기공파와 폭렬탄은 모조리 대검 옆면에 막혀 터졌다.

강해는 인상을 찌그렸다.

'생각처럼은 안 되네.'

그는 야구를 하듯이 기공파와 폭렬탄을 되돌려줄 생각이었지만, 대검에 닿자마자 전부 터져버렸다.

그 틈을 타서 조상태가 공격을 해왔다.

'종횡무진.'

그는 검을 길게 뻗은 채 상하좌우 그리고 사선으로 빠르게 휘둘렀다.

강해는 대검으로 막거나 흘려내며 뒤로 움직였는데, 다른 헌터들이 또다시 기공파와 폭렬탄을 준비했다. 게다가 다른 이들도 가세할 것처럼 보였다.

'저것들부터 없애야겠네.'

현재 강해는 마나만으로 싸우는 상태.

그의 정신력과 주문력으로 이 상황을 타개할만한 기술은 딱히 없었다.

그는 버서커로서의 힘은 쓸 생각은 없었다. 그랬다간 또 다시 시시한 전투가 될 것이고, 주문력과 정신력도 상승시킬 수 없으니까.

하지만 진짜 이유는 따로 있었다.

'지금 상태로도 충분하지.'

❖

강해가 미간을 찡그리며 뒤로 물러서는 것을 멈췄다.

조상태는 기회다 싶었는지 그대로 검을 더 빠르게 휘두르며 돌진해왔다. 그가 검을 바깥쪽으로 휘둘렀는데, 강해는 몸을 살짝 틀어 피해냈다.

"걸렸다!"

조상태가 왼손을 옆으로 뻗었다.

'신검일체, 쌍검.'

그는 오른손에 쥐고 있는 검과 똑같은 것을 왼손에서 하나 더 만들어냈고, 그대로 휘둘렀다.

조상태가 두 눈을 크게 뜨고 입가에는 미소를 머금은채 검을 휘두르는 중이었다.

강해는 오히려 한 걸음 더 다가서며 왼쪽 주먹을 내질렀다.

뻐억! 쿵!

그가 내지른 왼쪽 주먹의 속도가 훨씬 빨랐고, 조상태는 안면을 맞고 뒤로 튕겨져 나갔다.

강해의 왼쪽으로 기공파와 폭렬탄, 화염구가 날아들었다.

'같잖게….'

강해는 기술들이 날아드는 방향으로 몸을 틀어 그대로 돌진했다.

퍼퍼퍼퍼퍼퍼펑!

다른 클랜원들이 쏜 기술들이 작렬하며 폭발을 일으켰다.

그들은 해냈다는 생각에 미소를 머금으면서도 긴장감을 놓지 않고 두 번째 공격을 준비했다.

폭발로 인한 연기 사이로 시커먼 것이 튀어나왔다.

텅!

강해는 왼쪽 손등을 이마에 붙인 채 모든 기술들을 몸으로 받아내고 돌진했다. 슬로터 클랜의 헌터들이 두 번째 공격을 준비했을 때, 그는 이미 코앞으로 다가서서 대검을 치켜들었다.

써컥!

그가 대검을 휘두르는 동시에 기공파를 준비하던 헌터의 몸이 반 토막 났다. 옆에 있던 두 남자는 황급히 폭렬탄과 화염구를 쏘기 위해 손을 뻗었다.

후웅―

강해가 대검을 휘둘렀고, 두 남자의 네 팔이 전부 잘려나갔다.

"아아아악—!"

"내 팔—!"

그들이 떨어져나간 팔을 보며 비명을 지르고 있을 때 강해는 바짝 다가서며 왼손을 뻗었다.

강해가 왼손으로 한 남자의 얼굴 옆을 움켜쥐었고, 그대로 휘둘러 옆에 있는 남자의 머리에 부딪쳤다.

두 남자는 머리를 박은 부분이 완전히 으스러지며 즉사했다.

강해는 두 눈을 번뜩이며 고개를 들었다. 그는 기술들은 아무 방어도 않은 채 몸으로 받아낸 덕에 여기저기 상처가 나긴 했지만, 약간 긁힌 자국 정도에 불과했다.

버서커의 힘을 사용했다면 그 마저도 없었을 것이고, 애초에 그 기술들이 닿지도 않았겠지만.

강해는 입가에 미소를 머금었다.

'그래, 이거야.'

그의 정신력과 주문력이 각각 2씩 상승했다.

마나를 이용한 기술로 특별히 무언가를 하고 있다고 보기는 힘들었지만, 뛰어난 신체능력에 휘둘린 덕에 상승효과를 보고 있었다.

그때 조상태가 다시 강해에게 달려들었다.

'이도류 오의, 검풍.'

그는 양손의 검을 치켜들었다가 강해의 방향으로 크게 휘둘렀다.

거센 바람 소리와 함께 하늘빛 마나로 이뤄진 검풍이 날 카롭게 날아들었다.

강해는 무던한 표정으로 오른손에 쥔 대검을 오른쪽 어깨에 걸쳤다.

"흥!"

그는 짧은 기합과 함께 대검을 휘둘렀다.

팡!

강해가 검을 휘두르자 조상태의 기술이 그대로 사라졌다.

"이런 말도 안 되는…."

조상태는 넋이 나간 사람처럼 움직이지 못했다.

그 광경을 본 클랜원들은 전의를 완전히 상실했다. 부클랜장인 윤성호도 한 방에 죽었고, 클랜장인 조상태도 상대가 되지 않았으니까.

그때 강해를 제외하고 정신을 붙들고 있던 것은 두 사람뿐이었다.

김효종이 소리쳤다.

"도와주십시오!"

그의 말이 끝나기가 무섭게 지켜보고만 있던 티라퐁이 바닥을 차고 강해에게로 튀어나갔다.

'플라잉 썬더.'

티라퐁은 오른쪽 무릎을 내세웠는데, 그의 전신은 노란 빛 마나로 번쩍거리며 전격을 일으켰다.

강해는 곧바로 몸을 틀어 시커먼 왼쪽 주먹으로 무릎을 맞받아쳤다.

퍼엉! 치칭, 치치치치치칭!

튕겨져 나간 것은 강해였다.

티라퐁은 무에타이 자세를 취한 채 한쪽 입꼬리를 가볍게 올렸다. 슬로터 클랜의 헌터들도 화색을 띠었다.

티라퐁은 낮은 잠재력에도 불구하고 노력을 거듭하고 또 거듭해 자신의 한계를 뛰어넘은 남자.

장비의 힘을 빌리지 않고 순수한 자신의 능력치만으로 6성 최상급.

수많은 경험에서 우러나오는 노련함은 웬만한 7성 하급에도 견줄 수 있었다.

그는 기습에 성공했지만, 긴장을 놓지 않고 날카로운 눈을 했다.

튕겨져 나가 바닥을 굴렀던 강해가 벌떡 일어났다. 아직도 전격이 파직, 하고 소리를 내며 남아 있었다.

그는 광마의 팔 기술을 쓴 상태로 티라퐁의 공격을 막아내며 주문력과 정신력이 2씩 더 상승했다. 하지만 아까와는 달리 조금도 기뻐하지 않았다.

강해는 티라퐁을 노려보며 이를 빠득빠득 갈았다.

"이…."

그는 미간을 잔뜩 일그러트리는 동시에 마나로 사용하는 기술을 해제했다. 그리고 두 눈이 붉게 빛났다.

티라퐁의 힘은 강해의 예상을 벗어나 있었다. 큰 부상을 입었다거나 상대할 수 없는 것은 아니었다.

단지 예상보다 강했고, 기습에 당해 약간의 충격이 있었다.

"이 새끼가아―!"

강해가 오른손에 쥔 대검을 치켜들었다.

'폭주.'

티라퐁은 본능적으로 심상치 않음을 느꼈다. 강해가 그를 향해 대검을 집어던졌다.

후웅―!

던져진 대검은 일반인은 물론, 그 자리에 있던 헌터들조차 눈으로 쫓기 힘든 속도로 날아갔다.

퍼억―!

대검이 그대로 티라퐁의 몸을 관통했다.

쾅, 콰쾅, 콰콰콰쾅! 키기기기긱.

대검은 티라퐁의 몸을 꿰뚫은 채로 날아갔다.

정적이 흘렀다.

티라퐁은 대검에 몸이 꿰뚫린 채 바닥에 널브러졌다.

[티라퐁]

특성 : 무

잠재력 : 0

그 순간 자리에 있는 모두가 강해는 그들이 여태까지 본 적도 없는 존재라는 것을 깨달았다.

결코 감당할 수 없는 상대.

그 자리에 있는 모두가 비명을 지르며 흩어지기 시작했다. 클랜장인 조상태 역시 마찬가지였다.

'스캐터.'

강해가 오른손을 뻗었고, 수많은 핏방울들이 흩뿌려졌다. 핏방울들은 도망치는 헌터들의 팔, 다리, 얼굴, 몸 등 여기저기 묻었다.

'피 폭발.'

콰아아아아아아아아아아—!

강해가 흩뿌린 핏방울들이 작은 폭발을 일으켰다.

그와 동시에 비명 소리가 울려 퍼졌다.

핏방울이 묻은 헌터들은 얼굴이 통째로 날아가거나, 팔이나 다리가 몸의 일부분이 갈려나갔다. 그 자리에서 즉사 혹은 신체 일부를 잃고 쓰러져 고통에 신음했다.

그 광경을 지켜보던 강해는 그제야 폭주를 해제하고는 길게 한숨을 내쉬었다.

"아… 나도 모르게 열 받아서…"

강해는 분노한 만큼 강해진다. 대신 전투를 멈추기 위해서는 그 분노를 쏟아 부어야 한다.

지금은 딱 이 정도로 화가 났던 것이고.

조상태는 오른손과 왼쪽 다리, 옆구리의 일부가 갈려나가 바닥을 기며 신음했다.

강해는 그에게로 천천히 다가갔다.

"너는 확실히 숨통을 끊어놔야지."

조상태는 몸을 뒤집어 강해를 올려다봤다. 그리고 다급히 왼손과 오른발로 바닥을 밀어 뒤로 물러났다.

"하, 하지 마! 하지 마—!"

강해가 오른손을 치켜들었다.

'광마의 송곳니.'

그는 시커멓고 삐죽해진 손으로 조상태를 겨냥한 채 나지막이 말했다.

"네놈들이 돈 받고 죽인 사람들도 아마 같은 소리를 했었겠지."

쾅!

강해는 조상태의 가슴을 꿰뚫으며 바닥까지 찍어 즉사시킨 뒤에 팔을 거뒀다.

그때 다급히 도망치고 있는 이가 있었다.

김효종이었다.

그는 강해의 곁을 벗어난 순간부터 최대한 멀리 벗어났고, 덕분에 핏방울에 닿지 않을 수 있었다.

'광마의 다리.'

강해의 두 다리가 검은 마나로 휘감겼다.

콰콰콰콰콰콰콰콰, 쾅! 터엉!

강해는 빠르게 뛰어가다가 뛰어올랐고, 도망치던 김효종

의 앞에 착지했다.

김효종은 사색이 돼서는 움직이지 못했다.

강해는 광마의 다리를 해제하고 나지막이 말했다.

"어디 가?"

"왜, 왜… 대체 왜 지랄이야—! 갑자기 나타나서…."

강해가 씩 웃으며 말했다.

"김홍수하고 똑같은 말을 하네. 아까 대답 못해줬었는데…."

그는 두 눈을 번뜩이며 말을 이었다.

"지랄하는데 이유 있냐?"

"으아아아아아—!"

김효종은 고함을 지르며 마나를 끌어올렸다.

강해가 미소를 지으며 그를 똑바로 쳐다봤다.

"그래! 마지막까지 싸워!"

김효종은 그대로 등을 보이고 줄행랑을 치기 시작했다.

강해는 실망했다는 듯이 한숨을 내쉬며 고개를 절레절레 흔들었다.

쾅!

그는 바닥이 부서지도록 도움닫기를 해 순식간에 김효종의 뒤를 따라잡았다.

턱, 콰앙!

강해가 김효종의 뒤통수를 짓눌러 안면부터 바닥에 처박았다.

"아직 얘기할 게…."

그가 말을 마치기 전이었다.

멀리서 두 남자가 빠르게 달려오고 있었다. 그 속도만으로 일반인이 아니라는 것쯤은 누구나 알 수 있었다.

강해는 미간을 찡그리며 두 남자를 쳐다봤다. 한 명은 익숙한 얼굴, 박종팔이었다. 그는 양손에 건틀렛을 끼고 있었다.

"멈춰요!"

그가 황급히 달려왔다.

강해는 천천히 몸을 일으켜 김효종의 뒷목에 오른발을 얹었다.

"또 보네…요?"

그는 박종팔의 옆에 있는 남자에게로 시선을 옮겼다.

[류준열]

특성 : 마술

잠재력 : 780

류준열은 마른 체격에 키가 큰 30대 초반 남자였다. 서글서글한 인상에 허리춤에는 기다란 검은색 막대기 하나를 차고 있었다.

그는 주위에 널브러진 사상자들을 훑어보고는 박종팔에게 눈치를 줬다. 박종팔은 곧바로 휴대폰을 꺼내들어 상황을 간단명료하게 전달, 수습할 인원들의 지원을 요청했다.

그랬다. 현욱과 몇 번인가 마주쳤지만, 항상 상관이었던 박종팔이 지금은 류준열의 보조 역할이었다.

강해가 씩 웃어 보였다.

"오늘은 역할이 좀 바뀌신 거 같네요?"

박종팔은 김효종의 뒷목을 짓누르고 있는 강해의 오른발을 힐끗 쳐다본 뒤에 말했다.

"승진했거든요."

"승진했는데 어째 하는 일은 직위가 내려간 것 같네요?"

그때 류준열이 한 걸음 앞서 나와서 싱긋 미소를 지으며 대화에 끼어들었다.

"새로운 직속상관이 생겼으니까요."

강해는 미소를 머금은 채 중얼거리듯 말했다.

"자기보다 어린 사람 아래서 일하는 건 꽤나 짜증날 텐데…"

그러고는 미소를 머금은 채 박종팔에게 물었다.

"일은 좀 괜찮습니까?"

박종팔은 강해의 오른발을 쳐다보며 대답했다.

"제 일 걱정은 마시고, 일단 그 발부터 치우심이 어떻겠습니까?"

"싫다면요?"

박종팔은 말 대신 건틀렛을 낀 두 주먹을 꽉 쥐어보였다.

강해는 피식 웃으며 김효종의 뒷목을 짓누르고 있던 발을 치웠다.

"농담입니다, 농담."

그때 협회 쪽에서 보낸 사람들이 도착해 사상자들을 나르기 시작했고, 금세 수습을 마쳤다.

류준열이 강해를 보며 말했다.

"왜 이런 일이 일어났는지에 대해서 말씀해주셔야 될 것 같은데요."

"죽어 마땅한 놈들이었으니까요. 죽는 편이 사회에 도움이 됐을 그런 놈들이죠."

NEO MODERN FANTASY STORY

11. 초신성

만렙
버서커

11. 초신성

류준열은 미소를 머금은 채 물었다.

"좀 더 자세히 말씀해주시겠습니까? 오해하실까봐 미리 말씀드리는데, 최강해 씨의 전적은 이미 조사를 마친 상태입니다."

그는 강해와 두 눈을 똑바로 마주치며 말을 이었다.

"합당한 이유가 있을 거라는 것 정도는 저희도 예상하고 있으니, 그 이유에 대해 좀 더 자세히 말씀해주시길 바랍니다."

의외의 말에 강해의 두 눈을 살짝 커졌다.

'머리가 제법 식어 있는 놈이로구만…'

그는 손을 뻗어 김효종의 머리채를 잡고 들어 올렸다.

"일어나야지."

"끄으으…."

김효종은 엉망이 된 얼굴로 겨우겨우 눈을 떴다.

강해는 손으로 쥐고 있는 김효종의 머리채를 가볍게 흔들었다.

"네가 다 설명해."

"예? 예, 예… 그러겠습니다."

"설명 똑바로 해라."

류준열은 여전히 입가에 옅은 미소를 유지했다. 박종팔은 다소 불편한 기색을 드러냈지만 잠자코 있었다.

김효종은 여전히 강해에게 머리채를 잡힌 채 여태까지 있었던 일들을 설명했다.

애기를 모두 들은 류준열은 팔짱을 낀 채 오른손을 턱으로 가져간 채 고개를 끄덕거리다가 입을 열었다.

"그럼 예상대로 최강해 씨에게 혐의는 없는 것 같네요. 오히려 지금 들은 애기들이 모두 사실이라면 보상금을 지급해드려야겠네요."

그는 김효종을 한 번 쳐다보고는 말을 이었다.

"김효종의 자백이 있긴 합니다만, 아직 여러 면에서 조사가 더 필요할 것 같네요. 이제 그만 놔주는 게 어떨까요?"

"이놈도 죽어 마땅한 놈 아닌가? 실려 간 놈들 중에 살아 있는 놈들도 많잖아?"

"조사를 진행할 범죄자는 한 명이라도 더 많은 게 좋겠죠. 특히 지금 당장 시작할 수 있으니까요."

강해는 김효종을 힐끗 쳐다보고 잠시 고민했다. 그러고는 미소를 머금은 채 김효종의 뒤통수를 밀쳤다. 그는 류준열 앞으로 나자빠졌다.

"크윽…"

류준열은 강해에게 시선을 고정한 채 눈 하나 깜짝이지 않았다.

박종팔이 손을 뻗어 김효종의 뒷덜미를 잡아 일으켜 세우고는 양손을 뒤로 한 뒤에 구속구를 채웠다. 티타늄으로 된 구속구는 양쪽 엄지를 고정하고, 양팔과 몸을 두르는 걸 한 번 더 걸쳤다.

류준열이 말했다.

"아무튼… 조금 정도가 지나치다는 생각이 들지 않는 것은 아니지만 고생하셨습니다. 결과적으로는 아직 수배도 되지 않은 범죄자들을 잡아주신 셈이니까요."

"그렇게 생각하십니까?"

"그럼요, 이와 관련된 보상금은 책정되는 대로 입금될 겁니다. 그리고 등급의 조정이 필요하실 거 같네요."

"등급 조정이요?"

류준열이 고개를 끄덕거렸다.

"예, 최강해 씨는 지금 이 시간부로 6성급 헌터이십니다. 티라퐁이라는 남자가 6성 최상급의 힘을 지녔다고 들었지만, 그 부분은 확인할 길이 없네요."

그는 죽은 티라퐁이 쓰러져 있던 자리를 힐끗 쳐다본 뒤 말을 이었다.

"티라퐁은 국제 헌터 등록부에 확인을 해도 나오지 않더 군요. 정식으로 등록된 적이 없는 헌터이고, 이미 죽었기에 제대로 된 측정이 불가능하니까요."

"무슨 말인지 알겠습니다."

"6성급이라면 어떤 던전이든 진입하실 수 있을 것이고, 범죄자에 관련된 일도 맡으실 수 있을 겁니다."

"그거 좋군요."

"최강해 씨라면 금세 7성에 다다르실 거라 생각됩니다."

"지금부터 바로 적용되는 겁니까?"

류준열이 생긋 웃어 보였다.

"지금 이 순간에도 적용되고 있습니다."

"그래요? 잘됐네요. 하실 말씀 끝나신 거죠? 그럼 전 이 만."

강해가 몸을 돌리려 했다.

"잠시만요."

류준열이 그를 불러 세웠다.

강해가 몸을 돌렸고, 류준열이 물었다.

"어디를 그리 바삐 가십니까?"

"일해야죠."

"예?"

"6성급 던전 좀 가보려고 합니다."

"지금요?"

강해는 고개를 가볍게 끄덕거렸다.

"그렇습니다만."

"방금 슬로터 클랜을 전멸시키지 않았습니까? 그전에는 호형호제 클랜하고도 일이 있던 걸로 들었는데요?"

"네, 맞습니다."

"그럼 휴식이 좀 필요하시지 않겠습니까? 좀 쉬셔야 할 것 같은데요."

"아직 몸도 제대로 안 풀렸습니다."

류준열이 "핫! 하하하…"하고 소리 내 웃었다.

강해가 물었다.

"왜 그러십니까?"

"이거 참… 방금 전까지도 고민하고 있었는데, 무조건 말씀드려야겠네요."

"뭘 말입니까?"

"영입 제안이요."

강해는 눈썹을 찡그렸다. 약간 놀랐다는 의미였다.

구속구를 차고 있는 김효종도 놀랐고, 같은 협회 소속인 박종팔 역시 예상치 못했다.

"그게 무슨 말씀이십니까?"

류준열은 박종팔의 말을 무시하고, 강해를 보며 미소를 지어 보였다.

"최강해 씨가 헌터 협회 소속이 됐으면 좋겠군요. 그 넘치는 힘을 좋은 곳에 써주셨으면 합니다."

"그쪽에 소속되지 않았는데도 좋은 쪽에 쓰고 있는 거 같은데요? 쓰레기들을 치운 거잖습니까?"

박종팔이 대화에 끼어들었다.

"과장님, 지금 무슨 말씀을 하시는 겁니까?"

류준열이 처음으로 얼굴에서 미소를 지웠다.

"못 알아들어서 물어보시는 겁니까?"

"아니, 그런 건 아닙니다만… 최강해 씨가 협회 소속이 됐으면 좋겠다는 건 무슨 말씀이십니까?"

"내가 말한 그대로를 읊으면서 물어보는 건 뭡니까? 말 그대로입니다."

"협회 소속 헌터가 되기 위해서는 시험을…."

그가 말을 마치기 전에 류준열이 코웃음을 쳤다.

"지금 농담하십니까? 시험이요? 우리도 협회 소속이지만, 헌터이고 범죄자나 정신병자만 아니면 누구나 다 들어오는 게 시험이라 할 수 있습니까?"

"아무튼… 저는 반대입니다."

"뭘요?"

"당연히 최강해 씨가 협회로 들어오는 것을 말하는 겁니다."

강해는 팔짱을 낀 채 잠자코 지켜보고 있었다.

류준열은 강해를 힐끗 쳐다보고는 다시 박종팔과 두

눈을 마주쳤다.

"왜죠?"

"왜라니요, 지금 이 사태를 보시면…."

"그러니까 더욱 협회로 모셔야 되는 거 아니겠습니까? 지금 정도가 지나친 것은 분명하지만, 그 만큼 힘도 갖고 있다는 뜻이 됩니다. 그 힘을 좋은 곳에 쓰도록 한다면 더 좋은 거 아니겠습니까."

박종팔은 엿 씹은 표정으로 아무 말도 하지 않았다.

류준열이 강해에게로 시선을 옮겼다.

"이제 협회 소속의 헌터 두 명에게 지지를 받으시는 몸이 되셨습니다. 어떻게 생각하십니까?"

강해는 말 대신 눈썹을 찡그리는 것으로 대답을 대신했다.

류준열은 강해가 그다지 내켜하지 않은 것을 표정에서 읽어냈다.

"지금 당장 어떠한 결정을 내려달라고 하는 것은 아닙니다. 다만 고려해보시라는 거지요."

"협회에 들어가서 제가 얻을 수 있는 이득이 뭐죠?"

"정의를 위해 힘을 쓰셔야 하지 않겠습니까? 인류를 위해서…."

강해가 인상을 찌푸리며 손을 내저었다.

"그런 뜬구름 잡는 소리는 마시고… 협회 소속 헌터면 그냥 공무원 월급쟁이 아닌가? 철밥통? 헌터한테는 철밥통이라는 게 적용될 것 같지도 않은데."

"우선 수입적인 측면에서 클랜 소속이나 프리랜서들보
다 딱히 나쁠 것이 없습니다. 등급에 따라 보장되는 월급이
있고, 따로 수당도 있거든요. 몬스터의 부산물이나 마석을
가질 수는 없지만, 그에 상당하는 금액이 주어지니 그것 또
한 손해인 것은 아니고요."

강해가 물었다.

"내가 처리하는 방식이 정도가 지나치다고 하지 않았습
니까?"

"어떤 방식으로든 쓰레기는 치워야 하는 법이니까요. 안
그렇습니까?"

강해는 양쪽 입꼬리를 길게 올리며 씩 웃는 것으로 대답
을 대신했다.

류준열은 신이 나서 말을 이어나갔다.

"아, 그리고 아까 말씀하셨던 철밥통이라는 표현도 틀리
지는 않습니다. 아직 그 역사가 오래되지 않았지만, 적지
않은 나이에 헌터가 된 이들도 존재합니다."

그는 양손을 모은 채 미소를 지어 보였다.

"그리고 전선에서 물러나야 한 사람들도 있었죠. 나이뿐
만 아니라, 부상이나 다른 분야에 더 뛰어난 경우도 있고
요."

그는 조금만 더 밀어붙이면 끌어들일 수 있다는 생각을
갖고 입을 쉬지 않았다.

"협회 소속 헌터들은 그러한 경우에도 완전히 은퇴하는 게 아니죠. 후임 헌터들을 양성하거나 던전의 위치 파악, 범죄수사 보조 등 다양한 업무들을 맡고 있습니다."

강해는 고개를 천천히 끄덕거리다가 말했다.

"그러니까… 결국 싸울 힘이 없는 개들, 싸움에 진 개들이 서로의 상처를 핥아주면서 자위할 공간을 마련해준다는 거군요? 그것도 돈까지 쥐가면서."

류준열의 표정이 일그러졌는데, 정작 목소리를 높인 것은 박종팔이었다.

"무슨 말이 그렇습니까?"

"내가 뭐 틀린 말했습니까?"

"예, 틀렸습니다. 다들 사람들을 위해 열심히 싸웠던 사람들이고, 각자 재능 있는 분야에서 힘을 발휘하는…."

강해가 한쪽 입꼬리를 올리며 그의 말허리를 잘랐다.

"그러니까 내 말이 맞지 않습니까? 싸울 힘이 없고, 싸움에 진 거. 개라고 표현한 거 때문에 그렇다면 그건 사과하죠. 아마 박종팔 씨 친구들도 있고 할 테니."

박종팔은 이를 악물고 주먹을 꽉 쥔 채 두 눈을 번뜩였다.

강해는 헛웃음을 치며 양쪽 손바닥을 보였다.

"어이쿠, 너무 그러지 마세요. 전 그쪽하고 싸우고 싶지 않으니까. 좋으신 분이잖아요. 약간 말실수했다고 싸우실 건 아니죠?"

박종팔은 한숨을 길게 내쉬고는 김효종에게 채워져 있는 구속구에 손을 걸쳤다.

"저 먼저 가보겠습니다."

그는 말을 마치자마자 몸을 돌려 김효종을 끌고 자리를 떴다.

잠시 침묵을 지키던 류준열이 물었다.

"그러니까 결국… 협회에 들어오실 생각은 없다는 겁니까?"

"그걸 굳이 또 물어보셔야 됩니까?"

"……."

"뭐, 협회장을 시켜준다면 생각해볼 수도 있죠."

류준열은 감정을 잃은 것처럼 표정을 굳혔다.

"시간 낭비만 한 거 같군요. 그럼 수고하십시오."

그는 곧바로 등을 돌리고 걸음을 옮겼다.

강해 역시 걸음을 떼려는데, 류준열이 다시 몸을 돌리고 말했다.

"조심하십시오."

"뭘 말입니까?"

"아까 말씀드렸다시피 처리방식에 있어서 정도가 지나칩니다. 명분이 제대로 선 경우가 아니라면 저희 협회 측에서는 분명 그 책임을 물을 것입니다."

강해는 입가에 미소를 머금은 채 아무 대답도 하지 않았다. 두 눈으로는 웃음기 없이 똑바로 눈을 마주쳤다.

류준열은 잠시 머뭇거리다 몸을 돌리고 걸음을 옮겼다. 그는 강해를 등지고 걸어가면서 아주 작게 중얼거렸다.

"제법 쓸만한 거 같아서 거둬주려 했더니 잠재력도 안 잡히는 쓰레기가… 한 번 걸리기만 해봐라…."

그를 등지고 반대편으로 걸음을 옮기던 강해의 입가에 미소가 번졌다. 강해에게는 작게 중얼거리는 그 목소리가 전부 들렸다.

'마술이라고 했나? 한 번 붙어보면 재미있을 것 같긴 하다만… 제법 강한 거 같기도 하고.'

강해는 주머니에서 휴대폰을 꺼내들었다.

'또 피가 끓어오르는구만.'

그는 끓어오르는 피를 식히기 위해서 휴대폰으로 가까운 곳에 있는 던전을 검색했다.

❖

6성 상급의 던전에 진입한 강해의 머릿속에 문구가 떠올랐다.

〈던전 안의 몬스터를 전부 처리하세요.〉

강해는 미간을 찡그렸다.

'매번 이게 뭐야?'

그는 던전에 들어섰을 때 떠오르는 문구를 이상하게 여겼다.

매번 문구가 같은 내용이기도 했고, 헌터는 무조건 던전의 몬스터들을 전부 없애기 위해 들어오는 것이었으니까.

그저 다시금 상기시켜주고, 이것을 해내면 보상이 주어진다는 걸 알려주기 위한 거라 여기는 수밖에 없었다.

그것 말고는 달리 뜯어볼 부분도 없고, 설명할 길도 없었으니까.

강해는 대검을 뽑아든 뒤 거침없이 걸음을 옮겼다.

이번에 들어선 던전은 지난번과 달리 생성된지 얼마 안된 곳이었다. 내부는 황갈색 암석으로 이뤄져 있었는데, 특별할 것은 없었다. 그저 오래되고 습한 동굴의 냄새를 풍기는 것이 전부였다.

얼마나 걸음을 옮겼을까, 천장이 급격히 높아지기 시작했다.

밖에서 봤을 때의 던전 구조로는 절대 불가능할 정도였다. 눈대중으로 봐도 100m는 훌쩍 넘어가는 듯했다.

강해는 머릿속으로 여러 가지 가설을 세우고 있었다.

자신이 더 판타지아에서 넘어올 때 들어섰던 터널의 느낌과 던전이 입구 느낌이 흡사한 점, 그리고 던전 안은 다른 차원의 공간인 것처럼 그 내부가 제멋대로인 점까지.

'아마…'

그가 이런저런 생각들을 머릿속에 펼치며 걸음을 옮기던 중 전방에서 비명소리와 비슷한 괴성이 메아리쳤다.

"끼아아아아아악—!"

"끄아아아아악—!"

사람의 소리는 아니었다. 새, 그것도 거대한 새가 내는 소리와 비슷한 느낌이었다.

강해는 입가에 미소를 머금고 곧바로 전방을 향해 내달리기 시작했다. 벽과 벽의 사이는 20m 내외로 멀지 않지만, 천장은 갈수록 높아졌다.

"끼아아아—! 끼아아아아악—!"

소리의 정체가 모습을 드러냈다. 6성 하급에서 중급을 아우르는 몬스터 '어린 로크'였다.

어린 로크는 말 그대로 로크의 새끼인데, 노란 부리의 끝은 시커멓고 회색 털을 가지고 있다.

생김새 자체는 어린 매와 크게 다르지 않지만, 그 몸집이 코끼리 이상이다.

[어린 로크]
특성 : 음파

앞에 있는 어린 로크들의 숫자만 열두 마리.

강해는 양손으로 대검을 꽉 쥐며 입가에 미소를 머금었다.

'광마의 팔.'

그는 양팔에 검은 마나를 휘감고 망설임 없이 돌진했다.

어린 로크들은 곧바로 강해를 먹잇감으로 인식, 커다란 부리와 발톱을 내세웠다.

놈들 중 하나의 커다란 부리가 강해 머리 위로 향했다.

부리라고는 하지만 그 크기와 무게만으로 웬만한 헌터들은 단번에 찌그러트릴 수 있었다.

강해는 입가에 미소를 머금은 채 대검은 세로로 크게 휘둘렀다.

콰직!

대검이 어린 로크의 부리를 세로로 쪼개며 눈과 눈 사이까지 베고 지나갔다.

놈은 어떠한 소리 한 번 내지 못하고 그대로 고꾸라졌는데, 강해는 대검을 거두며 다리 사이로 빠르게 지나갔다.

다른 어린 로크가 기다렸다는 듯이 부리를 들이밀었다.

강해는 곧바로 몸을 빙그르 돌리며 대검을 옆으로 크게 휘둘렀다.

스컥!

"끼이이이이이이—!"

대검이 어린 로크의 다리 하나를 두부를 가르듯 단번에 베고 지나갔다.

조류와 흡사한 몬스터이지라 몸집에 비해 다리가 가늘긴 하지만 통나무보다 굵고 그 튼튼함은 비교가 불허하다.

하지만 강해는 마나만을 사용해도 그것을 무시할 정도의 힘을 가지고 있었다.

다리가 잘린 놈이 그대로 균형을 잃고 옆으로 쓰러졌다.

강해는 그 틈을 놓치지 않고 대검을 거꾸로 들며 뛰어올랐다.

푸욱!

그는 대검으로 쓰러진 어린 로크의 눈을 깊숙이 찔러 죽였다.

"끼아아아아아아아—!"

아직 10마리의 어린 로크들이 남아 있었다.

놈들은 강해를 향해 일제히 크게 입을 벌리고 괴성을 질렀다.

그저 위협으로 혹은 고통스러워서 지르는 소리와는 달랐다.

어린 로크의 특성인 음파였다.

놈들이 소리를 지름과 동시에 입에서 황갈색 마나가 허공에서 물결치듯 쏟아져 강해에게로 쏟아졌다.

강해는 황급히 마나의 일부분을 움직여 귀를 틀어막았다.

"크윽!"

귀만 막는다고 해결되는 것이 아니었다. 음파는 피부를 통해서도 내부까지 울림이 전달됐다.

웬만한 헌터였다면 음파에 피부가 전부 찢기고, 뼈까지 부서졌을 것이다.

강해의 코에서 피가 흐르기 시작했고, 두 눈은 튀어나올 것처럼 압박이 가해졌다.

"이… 미친!"

어린 로크 중 하나가 입을 다물고 달려들었다.

방심한 것이었다.

어린 로크들은 결코 약하지 않다.

신체능력만 생각한다면, 놈들이 차례로 덤벼든다면, 강해는 분노나 피는 물론이고 어떠한 마나나 기술을 쓰지 않고도 얼마든지 놈들을 죽일 수 있다.

하지만 그 숫자가 많고, 놈들이 특성을 사용해 공격하니 그리 간단치 않았다.

강해는 신체능력만으로도 놈들의 공격에 죽을 일은 없다. 하지만 딱히 대응이 가능한 것도 아니었다.

현재 강해의 정신력과 주문력으로는 이 숫자를 감당할 수 없었다.

'제기랄.'

강해는 마나를 거두는 동시에 분노를 끌어올렸다.

'투혼, 격노, 폭주기관차.'

어린 로크 한 놈이 부리로 쪼기 직전이었다.

텅!

강해는 왼쪽 손바닥만으로 놈의 부리를 막아냈다.

콰드드드드드득!

그는 그대로 부리를 움켜쥐어 부서트렸다.

"끼이이익—!"

강해가 두 눈을 번뜩였다.

'레이지 임팩트.'

퍼어어어어엉—!

어린 로크의 머리가 날아갔다.

다른 놈들이 음파를 더욱 강하게 내뿜고, 개중에 몇몇은 발톱이나 부리를 내세웠다.

하지만 폭주기관차 하나만으로도 놈들의 음파는 통하지 않았다. 강해는 가볍게 움직여 대검을 치켜들었다.

'회오리 강타.'

강해는 오른손에 대검을 쥐고 크게 휘두르면서 회전했다.

콰콱! 콰콰콱! 콰콱! 쿠웅—!

대검이 닿을 때마다 놈들의 다리가 잘려나가고, 부리가 부서졌으며, 목이 떨어졌다.

강해가 회전을 마치고, 대검을 바닥에 내려놓았을 때 놈들 중 다섯이 쓰러졌다.

남은 어린 로크는 네 마리.

놈들은 음파가 통하지 않는다는 것을 깨닫고는 부리를 들이밀거나 발을 들어 올렸다.

"새 대가리들이 제법 똑똑하구만."

강해는 대검을 등에 찬 뒤 양팔을 벌렸다.

'스캐터.'

그가 입가에 미소를 머금었다.

"그래봤자 새 대가리지만."

강해가 흘렸던 코피가 사방으로 퍼져 어린 로크들에게 묻어났다.

'피 폭발.'

놈들의 몸에 묻어난 핏방울에서 폭발이 일어났다. 그것들은 살점은 물론 뼈까지 전부 갈아버렸고, 한 놈도 빠짐없이 숨이 끊어져 쓰러졌다.

만약 놈들이 계속 음파를 쏴댔다면 핏방울들은 퍼지지 못했을 것이다. 그랬다고 해도 놈들이 강해를 감당할 방법은 없었지만.

열두 마리의 어린 로크들이 토해낸 마석은 단 하나뿐이었다.

강해는 아쉽다고 생각했지만, 실제로는 6성 하급에서 중급을 아우르는 마석이 고작 몬스터 열두 마리를 잡아 나왔다면 운이 좋은 편이었다.

강해는 허공에 떠오른 마석을 챙기고는 주위를 둘러봤다. 그제야 몬스터들의 사체도 돈이 된다는 사실이 다시금 떠올랐다.

대부분의 놈들이 처참하게 도륙당한 터라 돈이 될 것처럼 보이지 않았다.

'발톱이라면 멀쩡한데… 저건 가치가 없으려나?'

그는 미간을 찡그린 채 걸음을 옮겼다.

'정신력하고 주문력을 더 올릴 필요가 있겠어.'

사냥을 효율적으로 할 필요도 있었고, 새로운 힘을 키우는 재미도 있었다.

정신력과 주문력을 더 증가시킴에 따라 마나를 사용한 기술들도 더 익힐 수 있을 것이 분명했다.

강해는 큰 그림을 보고 있었다.

'마나를 사용해 터득한 기술을 분노와 피를 이용해 쓴다면 새로운 기술이 하나 더 생기는 거지.'

그는 분노와 피의 힘을 거두고, 다시 마나를 끌어올린 채 걸음을 옮겼다.

그리고 방금 어린 로크들과의 짧은 전투로 정신력 2와 주문력 2가 상승한 것을 확인할 수 있었다.

강해는 6성 상급 던전에 걸맞은 몬스터가 나오길 기대했다. 그리고 걸음에 박차를 가했다.

얼마 지나지 않아서였다. 짐승 특유의 누린내가 풍겼다. 어린 로크들에게선 느낄 수 없는 것이었다.

아직 놈을 직접 보기 전이지만 강해는 입가에 미소를 머금은 채 예상했다.

'엄마 새가 있으려나?'

일반적으로 자신의 새끼를 보호하려는 것은 동물의 본능이다. 몬스터 역시 마찬가지.

그런 부분들 때문에 강해는 이상하게 여겼다.

'새끼들이 앞에서 그냥 죽게 놔둬?'

강해는 걸음 속도를 높여 가볍게 뛰기 시작했다. 그의 양팔과 양다리는 검은 마나로 휘감겼고, 오른손에는 대검을 들었다.

'이 냄새는….'

누린내에 가려 잠시 느끼지 못했는데, 금세 피 냄새를 느꼈다.

강해는 금세 그것이 방금 죽였던 어린 로크들의 피 냄새와 동일하다는 것을 알 수 있었다.

축구 경기장의 몇 배나 되는 커다란 공간이 드러났다. 천장은 끝이 제대로 보이지 않을 정도로 높았다.

그리고 놈이 강해를 기다리고 있었다.

[로크]
특성 : 바람

다 자란 매와 비슷한 모습이지만, 그 크기는 비교가 되지 않았다. 코끼리 크기의 어린 로크는 놈의 부리 크기 정도에 지나지 않았다.

강해는 피 냄새의 원인을 금세 찾을 수 있었다.

로크는 자신의 새끼들을 전부 발톱으로 짓이겨 죽였고, 커다란 알 또한 모두 깨트렸다.

자신의 새끼들을 지키지 못할 거란 생각에, 적에게 죽게 하느니 직접 죽인 것이다.

놈은 두 눈에서 피눈물을 흘리며 강해를 날카롭게 노려봤다.

강해는 대검을 꽉 쥐고 한쪽 입꼬리를 올렸다.

"엄마 새의 분노라는 건가? 게다가 피눈물까지… 전부 내 분야인데 말이야…."

로크는 그 자리에서 강해에게로 날아들었다.

후웅— 팡!

"웃!"

놈이 가까이 다가오기도 전에 강해의 몸이 붕 떠서 날아갔다.

쿵!

그는 벽에 처박혔는데, 그때 로크의 발톱이 코앞으로 날아들고 있었다.

강해는 황급히 대검의 옆면을 내세워 몸을 가렸다.

쩌엉—! 쿠쿠쿠쿵!

강해의 몸이 벽에 더 깊숙이 처박혔다.

'이 상태로는 무리인가? 검이 튼튼해서 다행이야.'

그가 사용하고 있는 대검, 오거의 검은 7성급 무기. 6성 상급의 로크의 공격에 망가질 만큼 허술하지 않다.

그것이 로크가 약하다는 뜻은 되지 못한다. 놈이 가진 힘이나 튼튼함은 6성 상급이 분명하지만 약점도 갖고 있다.

놈은 뛰어난 기동력과 비행이 가능하다는 점에서 까다로운 몬스터다.

하지만 덩치가 워낙 크기 때문에 아무리 빠르더라도 분명 빈틈이 있고, 몸이 아주 튼튼하지는 않다.

덕분에 여러 명의 헌터들이 공략한다면 조금의 위험을 감수하는 것으로 어렵지 않게 잡을 수 있다.

하지만 강해처럼 혼자서 사냥할 경우에는 얘기가 달라진다.

❖

로크가 오른발로 벽을 움켜쥐어 몸을 고정한 채 왼쪽 발톱을 내세워 할퀴었다.

카카카캉! 쿠쿠쿵!

강해는 대검 옆면을 내세워 막아냈지만, 그 충격으로 몸이 벽에 더 깊게 박히면서 몸을 움직이기 힘들어졌다.

'이 새끼… 그냥 확 죽여…'

그는 인상을 구기고 분노와 피를 끌어올리려다가 멈췄다.

로크의 공격을 막아낸 것만으로도 정신력과 주문력이 각각 5씩 오른 것을 확인했기 때문이었다.

'조금만, 조금만 더 버티자.'

카카카캉! 카카카캉!

로크는 발톱을 계속 긁어댔지만, 강해는 대검의 옆면을 이리저리 내세워 모두 막아냈다.

하지만 로크의 공격이 두세 번 더해지자 몸이 벽면에 완전히 틀어박혀 있었다.

'빠져나가야….'

그때였다.

로크가 지금까지 긁어대는 것과는 달리 걷어차려고 하듯 발을 들어 올렸다.

강해는 이를 악물고 대검을 꽉 쥐었다.

콰아아아아아아앙—!

로크는 강해를 직접 공격하는 것이 아니라, 그의 위에 있는 벽을 걷어차 무너트렸다.

"이 빌어먹을 새 새끼가…."

쿠쿵! 쿠쿠쿠쿵!

로크는 큰 날개를 펄럭이며 물러났고, 벽이 무너져 내리기 시작했다.

강해는 그 돌무더기에 깔리며 바닥으로 추락했다.

쿠웅—! 쿠쿠쿵!

공중에 떠 있는 로크가 두 날개를 크게 펄럭였다.

휘이이이이이이잉— 콰쾅! 콰콰콰쾅!

단순한 날갯짓이 아니었다.

놈은 특성을 이용해 바람을 일으켰는데, 거대한 바위나 다름없는 파편들이 깃털처럼 날렸다.

로크는 그것들을 강해가 있는 곳을 중심으로 몰아쳤다. 바위들이 돌덩어리가 되고, 자갈처럼 잘게 부서질 때까지 계속.

파앙!

로크가 마지막으로 날갯짓을 거세게 하여 돌풍을 일으킨 뒤, 바닥으로 천천히 내려왔다.

돌무더기와 먼지가 걷히고 강해의 모습이 드러났다.

그는 대검의 끝을 바닥에 찍어 세워 전방을 가린 채 꼿꼿이 서서 버티고 있었다. 옷은 다 찢어지고, 전신에서는 피가 줄줄 흘러내렸다.

그가 입고 있는 리커버리 상의와 하의, 부츠가 다시 재생되기 시작했다.

강해는 두 눈을 번뜩이면서 입가에는 미소를 머금었다.

'정신력, 주문력… 5… 10… 15….'

로크는 두 눈을 번뜩이며 날개를 활짝 펼쳤다.

놈은 눈앞의 인간을 끝장내기 위해 결정타가 필요하다는 것을 알고 있었다.

강해는 대검을 뽑아들며 미소를 지었다.

지금 던전에 들어선 이후로 증가한 정신력은 15, 주문력은 17이었다.

'좋아, 조금만 더.'

일종의 노가다였다.

강해가 피와 분노의 힘을 쓴다면 지금 당장이라도 로크의 숨통을 끊을 수 있다.

하지만 마나만을 이용한 전투로 정신력과 주문력의 상승 효과를 노리는 것이다.

던전에서 사냥을 혼자 하는 헌터들은 많지 않다. 비효율

적일뿐더러 쉽지도 않으니까.

로크와 같은 몬스터는 숫자가 많을수록 몇 배는 더 상대하기 쉬워지지만, 혼자일 경우 그 반대가 된다.

지금 강해의 경우 7성급 몬스터를 상대하는 것이나 다름없었다.

그러한 위협이 정신력과 주문력의 빠른 성장으로 이뤄졌다.

이는 버서커로서의 특성도 한몫했다.

거센 공격에 피를 흘리고, 당장이라도 숨통을 끊고 싶은 분노가 타올랐다.

강해는 이를 억눌렀고, 그 기운들이 마나로 섞여들었다.

그는 전투광이기에 더 강한 적을 원한다. 그리고 강한 적과 마주함으로써 더 강해진다.

로크가 날아들었다.

놈은 날갯짓을 하지 않고, 마나를 사용해 제트기처럼 움직였다.

강해는 입가에 미소를 머금은 채 대검을 쥔 오른손에 힘을 줬다.

로크는 단번에 적을 죽이겠다는 일념으로 부리를 들이밀었다.

파앙!

놈은 빈틈을 만들어내기 위해 거센 돌풍을 일으켰다.

콰지지직!

강해는 꼼짝도 하지 않았다. 그는 왼발 아래로 검은 마나를 뿌리처럼 내려 몸을 고정했다.

"와라! 이 새끼야!"

쩌엉—!

놈의 부리와 강해가 휘두른 대검이 맞부딪쳤다.

"큭!"

거대한 로크와 정면으로 힘 대결을 펼치는 것은 어리석은 생각이었다.

강해 역시 마나만 사용해서는 버텨낼 수 없었다.

그는 몸이 뒤로 튕겨나가는 순간, 검은 마나를 전부 왼팔에 집중시켰다.

그 순간 강해의 정신력과 집중력이 0.5씩 두 번 상승했다.

'이게 끝인 거 같구만. 끝을 내야겠어.'

로크는 불시착한 비행기처럼 멈추지 않은 채 밀어붙였다.

강해는 대검을 비틀어 옆면으로 부리를 막아낸 채 떠밀렸다.

'광마의 팔, 광마의 송곳니, 광마의 손아귀.'

강해는 몸을 비틀어 놈의 부리 옆으로 미끄러져 얼굴에 붙었다.

퍼억! 콰아아아아아아아앙—!

로크의 얼굴과 벽 사이에 강해가 있었다.

쿠쿵, 쿠쿠쿠쿵, 쿠쿵!

로크의 머리 위로 잔해들이 무너져 내렸다.

콰아아앙—!

잔해들이 무너져 내리는 사이로 강해가 튀어나왔다.

그의 왼팔은 피를 잔뜩 머금고 있었고, 손은 시커먼 마나로 휘감긴 채 평소보다 열 배 이상 커져 있었다.

검은 마나를 사용해 악마의 손아귀를 응용한 광마의 손아귀였다.

강해는 로크의 부리와 벽의 틈새에 끼이기 전, 광마의 팔을 최대 크기로 사용했다.

이후 광마의 송곳니로 변경, 로크의 오른쪽 눈을 꿰뚫었다.

그리고 곧바로 검은 마나를 사용한 악마의 손아귀를 사용해 놈의 뇌 일부분을 휘저었다.

강해는 미소를 머금은 채 왼손을 쳐다봤다.

'나쁘지 않군.'

그는 마나를 거둔 뒤 고개를 좌우로 까딱였다.

'재밌었어. 얻은 것도 많았고.'

로크는 죽었고, 그 위로 마석이 떠올랐다.

강해는 놈의 사체를 밟고 올라 마석을 챙겼다.

던전 내부에 진동이 울리기 시작했다. 강해가 모든 몬스터를 죽였음을 의미했다.

〈보상으로 능력치를 올릴 수 있는 포인트가 주어집니다.

본인 수준과 맞지 않은 던전이기에 3포인트만 주어집니다.
올릴 수 있는 능력치는 정신력과 주문력뿐입니다.〉

강해의 머릿속에 문구가 떠올랐다.

몇 번 겪지 않은 일임에도 불구하고 이제 익숙하게 느껴
졌다.

그는 로크 사체를 힐끗 쳐다보고 씩 웃었다.

만족감이었다.

헌터들은 던전에 사냥을 하러 온다.

하지만 강해는 전투를 하러 온다.

[최강해]
나이 : ???
신장 : 186cm
체중 : 93kg
종족 : 인간
특성 : 버서커
근력 (???) 체력 (???) 민첩성 (???)
정신력 (43) 주문력 (43) 잠재력 (???)
그 산물은 수치화돼서 고스란히 나타났다.

'이제 더 강한 걸 찾아야겠어.'

강해는 강한 헌터 혹은 몬스터와 맞붙어서 더 강해질 수
있음을 확신했다.

그는 던전 밖으로 걸음을 옮겼다. 마나를 끌어올려 보고
는 한쪽 입꼬리를 올렸다.

'그나저나 원래 가진 기술을 마나로 쓰는 것도 나쁘지
않았어. 아직 위력은 많이 부족하지만….'

❖

강해는 던전 앞에서 드론을 통해 보상금 600만 원을 지
급 받을 수 있었다.

던전의 재구성이 임박한 상태도 아니었고, 다른 헌터들
을 구해낸 것도 아니기에 보상금 자체는 적었다.

하지만 어린 로크에게서 나온 6성 하급 마석이 4,200만
원 상당이었고, 로크에게서 나온 6성 중급과 상급 사이의
마석이 6,000만 원이었다.

강해는 그 자리에서 가고일들을 죽이고 챙겨뒀던 3성 상
급 마석 하나와 4성 하급 마석 두 개도 처분해 총 3,500만
원의 수익을 올렸다.

로크의 사체는 눈이 꿰뚫린 것과 뇌의 일부분이 상한 것
말고는 온전했다.

덕분에 처리업자들의 비용을 제외한 순수익만 2,000만
원 이상이었다.

부리와 발톱, 깃털 모두 가치가 있었다.

모든 작업을 마무리한 강해는 양손을 주머니에 꽂은 채

밤하늘을 올려다봤다.

'정말 아름다운 도시야.'

그는 두 눈은 번뜩이며 입가에는 함박미소를 머금었다.

'이보다 살기 좋을 수가 있겠는가…'

많이 움직여서인지 공복감을 느낀 강해는 식사를 위해 걸음을 옮겼다.

'그나저나 오늘은 어디서 자야 되나… 조만간 집을 하나 사야겠어.'

❖

다음 날이었다.

강해가 눈을 뜬 곳은 호텔이었다.

1박에 수십만 원이나 하는 곳이지만, 그에게는 부담되는 가격이 아니었다.

그는 곧바로 전세라도 얻을까 생각도 했지만, 당분간 호텔에 머무르면서 좀 더 돈을 모을 생각이었다.

'기왕이면 한 번에 좋은 곳으로 가야지.'

현재 시각은 오전 7시.

강해는 욕조에 몸을 담그며 여유를 즐기며 이런저런 생각들을 했다.

대부분 좀 더 강한 무언가를 갈망하며 빨리 10성이 돼야겠다는 생각이었다.

어제 로크가 있는 던전을 처리한 뒤 7성으로 승급을 원했지만, 협회로부터 아직은 불가능하다는 답변을 받았다.

'이제 6성급하고는 붙어봐야 정신력이랑 주문력이 안 오를 텐데…'

강해는 스스로 더 몰아붙일 무언가가 필요했다.

정확히는 강한 적이 필요했다.

지금까지의 싸움을 돌이켜보면 비슷한 수준이라 할지라도 좀 더 힘겨운 싸움을 할 때 능력치에 영향을 줬다.

그는 그러한 점을 정확히 이해하고 있었다.

'그 자체로 강한 것도 좋지만… 특성이 좀 희한한 놈이면 좋겠는데…'

강해의 머릿속에 불현 듯 류준열이 스쳐 지나갔다.

'마술이라는 특성은 참 재미있어 보였는데…'

그는 아쉽다는 듯이 입맛을 다셨다.

'아무튼 빨리 10성이 돼야겠어. 그럼 더 강한 놈들하고 맞붙을 수 있겠지. 한계가 없다고 하니 별의별 놈들이 다 있을 거야.'

강해는 다른 헌터들을 생각하다가 몬스터를 떠올렸다. 그러다 던전에 대해 생각했다.

'찝찝하단 말이지…'

그는 다른 세상인 '더 판타지아'에서 지금 세상으로 돌아올 때 지나쳤던 터널을 떠올렸다.

던전의 입구는 그 터널과 매우 흡사했다.

그는 던전 안쪽이 물리적으로 불가능한 형태인 것을 머릿속에 그렸다.

'그냥 생겨났다 사라지는… 단순한 던전이 아니란 말이지. 마치 다른 세계로 이어주는 듯한….'

하지만 던전 내부는 분명히 끝이 존재했다.

'내가 지나온 터널 같은 게 또 있지는 않을까?'

강해는 처음 지금 세상에 왔을 때를 떠올렸다.

더 판타지아에서 터널을 들어섰고, 처음 이곳에 왔을 때 그가 나온 터널은 없었다.

'어렵구만….'

그는 이리저리 머리를 굴리며 고민을 해봐도 딱히 답이 떠오르지 않았다.

강해는 욕조에서 나와 수건으로 물기를 닦아낸 뒤, 건조기에서 옷을 꺼내 입었다.

'지금 당장에 대한 것만 생각하자. 일단 10성부터….'

오전 8시가 다 되어가고 있었다.

'일단 밥부터 먹자.'

강해는 방을 빠져나와 걸음을 옮겨 호텔 조식뷔페를 이용하기 위해 엘리베이터 앞에 섰다.

그때 20대 초중반에 금발에 검은 눈동자를 가진 여자가 그의 옆에 서서 엘리베이터를 기다렸다.

여자는 백인 혼혈처럼 보였다. 새하얀 피부와 진한 이목구비가 그렇게 말하고 있었다.

굽이 없는 검은 가죽 부츠에 가죽 레깅스, 검은 퍼코트를 입고 있었는데, 날렵한 턱선이 낮은 체지방률을 나타냈다.

키는 170cm이 조금 안 되는 듯했다.

강해는 자신도 모르게 고개를 돌려 그녀를 힐끗 쳐다봤다.

NEO MODERN FANTASY STORY

12. 블랙마켓

만렙
버서커

12. 블랙마켓

[예리나]
특성 : 레인보우
잠재력 : 999

강해의 두 눈이 살짝 커졌다.

예리나는 헌터였고, 독특한 특성과 높은 잠재력까지 지니고 있었다.

두 사람의 눈이 잠시 마주치는 순간 엘리베이터가 도착했다.

강해는 예리나가 먼저 들어설 때까지 잠시 기다렸다가 엘리베이터에 탔다.

어색한 공기가 엘리베이터 안을 채우기 전, 예리나가 입을 열었다.

"헌터이시네요?"

강해는 고개를 가볍게 끄덕거렸다.

"아, 예. 얼마 전에 등록했습니다. 그쪽도?"

"그렇죠, 뭐."

예리나의 한국말은 유창했다. 외모는 백인인 듯하면서 한국인 같기도 한 것이 오묘했다.

예리나가 물었다.

"주로 어떤 일하세요?"

"어떤 일이라니요?"

"사냥을 위주로 하시는지, 범죄자 체포를 하시는지… 그런 거요."

"글쎄요, 헌터로 활동한지 며칠 안 됐거든요. 딱히 가리지는 않습니다."

그때 엘리베이터가 멈추고, 문이 열렸다.

예리나는 고갯짓으로 인사를 가볍게 하고는 떠나버렸다.

강해는 얼떨떨한 표정으로 엘리베이터에서 내려 걸음을 옮겼다.

'그냥 어색한 조용함이 싫었던 건가?'

예리나가 지나간 길에는 머스크 잔향이 남아 있었다.

앞서간 그녀는 조식뷔페장으로 향했다. 강해 역시 그 뒤를 따랐다.

먼저 들어선 예리나는 자리에 앉아 퍼코트를 의자에 걸쳤다.

안쪽에 입은 상의는 몸에 착 달라붙은 검은색 폴라티였다. 전부 검은색 옷을 입어 그녀의 흰 피부와 금발은 유난히 눈에 띄었다.

강해는 예리나와 다소 먼 곳에 자리를 잡았다. 그녀 역시 강해가 식사를 하러 온 것을 봤지만, 그것뿐이었다.

두 사람 모두 각자의 식사를 위해 자리에서 일어나려 할 때였다.

조식뷔페장에 한 가족이 들어섰다. 그들은 먼저 식사를 하고 있는 친척들과 가까이 앉길 원했다.

그들이 원하는 자리는 예리나의 테이블이었다.

그녀는 흔쾌히 자리를 양보했고, 다른 곳에 자리했다.

예리나는 자리에 앉아 고개를 들었을 때 강해와 눈이 마주쳤다.

그녀는 잠시 고민하는 듯하더니 코트를 팔에 걸친 채 강해에게로 걸어왔다.

"여기 자리 있나요?"

강해는 입가에 미소를 머금은 채 말했다.

"방금 전까지는 없었는데, 이제 생긴 것 같네요."

예리나는 피식 웃어 보이고는 자리에 앉았다.

"제가 불편하게 하는 건 아니죠?"

강해는 고개를 가볍게 저었다.

"전혀요."

"제가 같이 앉아서 식사하자는 게 이상하진 않은가요?"

"그것도 전혀요. 더 즐겁게 식사를 할 수 있을 것 같네요. 할 얘기도 제법 많을 거 같고요."

두 사람은 각자 먹을 음식들을 접시에 담아 앞에 놓고는 식사를 하기 시작했다.

예리나가 물었다.

"이곳에는 혼자 머무르시는 건가요?"

"그러니까 리나 씨와 식사를 하고 있겠죠?"

"그것도 그렇네요."

그녀는 스웨덴인 아버지와 한국인 어머니의 아래서 태어났다고 했다.

흔하지 않은 금발에 검은 눈동자에서 풍겨져 나오는 오묘한 매력도 그 덕분이었다.

"생긴 게 이래서 어디를 가도 불편해요. 동양인도 아니고, 서양인도 아니니까."

"말로만 그러시는 거 같은데요? 분명 어디를 가도 외모에 대해서 칭찬을 받았을 거 같은데요."

예리나는 미소를 지어 보였다.

"그렇게 봐주시니 감사하네요."

"다시 말씀드리지만, 매번 그런 소리를 들으실 거 같네요."

"그런 식으로 여러 여자들을 홀리나 보죠?"

"저에게 먼저 말을 건넨 것도 리나 씨고, 함께 식사를 하자고 한 것도 리나 씨인데요?"

"그렇게 눈빛을 계속 보내온 건 강해 씨잖아요?"

두 사람은 누가 먼저랄 것도 없이 자석처럼 서로에게 이끌리고 있었다. 외모도 서로의 취향에 맞았고, 대화도 잘 통하는 듯했다. 그걸 넘어서는 느낌이라는 것도 있었고.

강해는 버서커가 된 이후로 처음 느끼는 감정이었다. 그는 스스로 놀라워 했다.

전투 외에도 이렇게 끓어오르고, 타오르는 것이 존재한다니!

길지 않은 식사 자리에서 두 사람 사이의 스파크는 입을 열 때마다 튀고 있었다.

강해뿐만이 아니었다.

예리나 역시 그랬다.

그녀는 어떠한 남자와도 진지한 만남을 가져본 적이 없었다. 사랑이라는 감정의 싹을 틔운 적이 단 한 번도 없었다.

일 때문에 연인처럼 굴어본 적은 있지만.

그녀가 남자와 단 둘이 만나는 것은 언제나 일 때문이었다.

두 사람의 공통점.

헌터.

강해는 예리나와 두 눈을 마주치다 커피를 한 모금 입에 머금었다.

'잠재력이 999… 강하겠지? 아니면 지난번에 그 문신쟁이처럼 잠재력만 높은 거려나? 레인보우? 대체 무슨 특성이지?'

아이러니하게도 강해는 예리나를 여자로서 바라보는 동시에 헌터로서 바라봤다.

손을 잡고, 끌어안고, 입을 맞추는 상상을 함과 동시에 주먹을 교환해보고 싶다는 생각.

예리나도 헌터로서의 강해를 보고 있었다.

'정말 괜찮은 사람 같지만… 잠재력이 측정불가라나…'

다시 두 사람의 눈이 마주쳤다. 그들은 생긋 웃어 보이고는 애꿎은 커피만 들이켰다.

어느새 그렇게 수다스러웠던 두 사람은 머릿속으로만 수많은 생각들을 늘어놓고, 입 밖으로는 말을 내뱉지 않았다.

복잡한 감정들의 물결이 퍼지고 있을 때였다. 그것을 멈춘 것은 휴대폰 진동이었다.

강해는 휴대폰을 한 번 쳐다보고는 예리나를 향해 싱긋 웃어 보였다.

"실례 좀 하겠습니다."

"괜찮아요."

강해가 전화를 받았다.

"여보세요?"

—안녕하십니까, 최강해 씨. 그때 뵀던 헌터 협회 소속 류준열입니다.—

"아, 그때 그… 이 번호는 어떻게 알고 연락하셨습니까?"

—헌터 협회는 국가기관입니다. 당연히 번호 조회 정도는 할 수 있지요.—

강해는 미간을 살짝 찡그렸다.

"공권력을 그렇게 개인적인 일에 써도 되는 겁니까? 안 될 거라고 보는데요."

류준열은 웃음 섞인 목소리로 말했다.

—아, 제가 전화드린 이유를 아직 설명 안 드렸군요. 개인적인 일이 아닙니다.—

"그럼 무슨 일이죠?"

—최강해 씨가 지난번에 처리한 곳들 있잖습니까? 호형호제와 슬로터 클랜이요.—

"예, 그런데요?"

—슬로터 클랜의 경우 전부 블랙마켓에 연루된 사실이 밝혀졌습니다.—

"겨우 그거 말하려고 전화까지 한 겁니까? 보상금 입금하면서 문자메시지 하나면 될 것 같은데요. 이만 끊죠."

강해가 전화를 끊기 전, 류준열이 말했다.

—얘기를 끝까지 들으셔야 될 것 같은데요.—

"뭡니까?"

—호형호제 클랜의 경우 그렇지가 않거든요.—

"무슨 뜻입니까?"

—호형호제 클랜은 블랙마켓과 연관이 있기는커녕, 그와 연루된 슬로터 클랜을 없애려고 했죠.—

"그래서요?"

—그들 중 법을 어겼거나, 당신에게 선제공격을 한 이들이 있다는 건 파악했습니다. 하지만 그렇지 않은 경우도 있던 거 같군요.—

"무슨 말을 하고 싶은 겁니까?"

—자세한 얘기는 직접 만나 봬서 해야 될 것 같습니다만.—

"아, 그래요?"

강해의 목소리에는 조롱하고 있음이 분명하게 묻어났다.

"그런데 이걸 어쩌죠? 난 그쪽이랑 볼 생각 없는데."

—그거야 최강해 씨 자유입니다만, 범죄자로 몰릴 수도 있다는 걸 알아두셔야 될 겁니다. —

"뭐?"

—좀 과격하시긴 합니다만, 범죄나 저지르는 그런 사람 아니시잖아요? 오늘 오후 두 시, 성수역 2번 출구 앞의 카페에서 뵙도록 하죠. 기다리겠습니다.—

강해가 뭐라 말하기도 전, 류준열은 자신이 할 말만을 마치고 끊어버렸다.

강해는 인상을 잔뜩 찡그린 채 휴대폰을 들여다봤다.

"뭐, 이런…"

예리나가 물었다.

"안 좋은 일이 있으신가 봐요?"

"아, 협회에서…."

"협회요? 무슨 일인데요?"

"그게 블랙마켓에 연루된 클랜 하나를 처리하면서…."

예리나가 갑작스레 자리에서 일어났다.

"그만 가봐야겠네요."

"예?"

"만나서 반가웠어요. 그럼."

그녀는 몸을 틀어 조식뷔페장 밖으로 향했다. 강해도 자리에서 일어나 뒤를 따랐다.

"갑자기 왜 그러세요? 제가 무슨 잘못이라도…."

예리나는 강해가 말을 마치기 전에 뛰기 시작했다. 그녀는 사람들 사이사이를 미끄러지듯 통과하며 순식간에 밖으로 향했다.

'리프.'

강해는 홀 중앙에서 뛰어올라 단번에 출구까지 다다라 가볍게 착지했다.

예리나는 이미 호텔 밖에서 뛰다가 건물 벽을 차고 올랐다.

강해 역시 황급히 그 뒤를 따랐다.

"죄송합니다! 지나가겠습니다!"

그가 밖으로 나가 고개를 들었다.

예리나는 이미 건물의 옥상 난간에 서 있었다. 그녀는

강해를 한 번 내려다보고는 몸을 돌렸다.

강해는 그녀가 마지막으로 보였던 난간을 쳐다보며 미간을 찡그렸다.

'뭐가 저렇게 빨라?'

'리프.'

파앙! 탁, 파앙! 탁, 팡! 터틱.

강해는 리프를 사용해 건물 벽을 차오르며 순식간에 난간 위에 올라섰다.

예리나는 이미 다른 건물 옥상 위를 달리고 있었다. 그녀는 강해가 쫓아오고 있는 것을 의식하는 듯 고개를 뒤로 살짝 돌렸다.

강해는 곧바로 그녀의 뒤를 향해 내달렸지만, 쉽사리 거리를 좁힐 수 없었다.

'별 수 없네.'

'격노, 폭주기관차.'

그는 분노를 끌어올린 뒤 폭주기관차 상태의 에너지로 모두 전환했다.

폭주기관차의 원천은 혈액이지만, 분노를 더해 속도에 박차를 가할 수 있었다.

강해는 건물과 건물 사이를 뛰어넘으며 빠르게 거리를 좁혔다.

예리나는 빠르게 쫓아오는 강해를 힐끗 보고는 속도를 높였다.

'블루, 헤이스트.'

그녀는 푸른빛 마나를 전신에 머금은 채 뛰기 시작했다. 그 속도가 얼마나 빠른지 뒤로 푸른빛 잔상이 길게 이어졌다.

강해는 그녀와의 거리가 다시 벌어지자 미간을 찡그리며 속도를 높였다.

'폭주기관차 기어 2단.'

그가 다시 속도를 높여 거리를 좁히기 시작했다.

두 사람이 건물에서 건물로 이동하는 시간은 찰나에 불과했다.

"잠깐 멈춰봐요! 갑자기 왜 그러는….."

강해가 목소리를 높였지만, 예리나는 아랑곳 않고 내달렸다. 그리고 그녀가 8차선 도로를 사이에 둔 다음 건물을 향해 뛰어올랐다.

'블루, 에어 플로어.'

예리나가 허공에서 뛰기 시작했다. 그녀가 발을 내디디는 곳마다 푸른빛의 마나 발판이 생겨 추락하지 않았다.

그녀는 사뿐하게 길 건너의 건물 옥상에 착지해서는 강해를 향해 돌아봤다.

'이제 못 쫓아오겠지.'

그녀의 오산이었다.

강해는 조금의 망설임도 없이 옥상에서 뛰어올랐다.

'리프.'

터텅!

그는 한 번의 도약으로 예리나의 옆에 착지했다.

그녀는 잠시 당황했다가 다시 몸을 돌려 뛰려고 했는데, 강해가 손목을 붙잡았다.

"갑자기 왜 그러는 거예요? 분위기 좋았잖아요. 퇴짜를 맞아도 이유나 좀 알고 그럽시다."

예리나는 눈썹을 살짝 찡그리고 있다가 이내 말문을 열었다.

"블랙마켓 때문에요."

"네? 그거라면 뭔가 오해가 있으신 거 같은데, 제가 블랙마켓에 연루된 게 아닙니다. 저는 블랙마켓에 연루된 클랜을…."

"알아요. 그래서 그런 거예요."

❖

"그게 무슨 말입니까?"

예리나가 눈을 흘기며 말했다.

"일단 이것부터 좀 놓아줄래요? 뜨겁거든요?"

강해는 폭주기관차를 해제하며 천천히 그녀의 손목을 놓았다.

그녀가 말했다.

"무슨 말인지 알아들었잖아요."

"왜 물어봤는지 알잖아요?"

예리나는 입을 한 번 오므렸다가 말했다.

"저를 따라잡은 걸 보면 당신이 스스로의 한계를 뛰어넘은 신체능력을 지닌 건 알겠어요."

그녀는 두 눈을 부릅뜨며 말을 이었다.

"하지만 그것뿐이에요. 잠재력을 봐서 알겠지만, 전 당신보다 강해요."

"그래요?"

"네, 그래요. 재능이 모든 걸 뛰어넘을 수는 없겠죠. 하지만 전 살아남기 위해 죽을 만큼 노력해왔거든요."

강해에게는 자신의 강함을 어필하고 있는 예리나가 귀엽게만 느껴졌다.

"그렇군요."

예리나가 눈썹을 찡그리며 말했다.

"이제 어떻게 하실 건가요? 저는 블랙마켓에 속한 사람이에요. 당신이 처리한 사람들처럼 처리할 건가요?"

"글쎄요… 그거야 그쪽에게 달렸죠."

"무슨 소리죠?"

"블랙마켓이라고 다 잡아 죽여야 되는 건 아니니까요."

예리나는 헛웃음을 쳤다.

"당신이 저를 잡을 수 있을 거라고 생각해요?"

그녀는 다시 얼굴에서 웃음기를 뺀 뒤에 말했다.

"당신하고 싸우고 싶지는 않지만… 순순히 당해주지는

않을 거예요."

강해가 입가에 미소를 머금었다.

"이렇게 말하면 좀 이상하게 들릴 것 같지만… 그건 그 거대로 나쁘지 않겠네요."

예리나는 이내 미간을 찡그리며 자세를 취했다.

"당신이 저를 잡으려 하면 순식간에 제압을 한 뒤 자리를 뜰 거고, 죽이려 한다면…"

그녀가 두 주먹을 빠르게 꽉 쥐자 팡! 하고 마치 타격음 같은 소리가 울렸다.

"죽이겠어요."

강해는 씩 웃으며 말했다.

"서로 존대를 하면서 거친 싸움을 하는 것도 나쁘지는 않겠네요. 새로운 경험이라면 경험일 테니까."

예리나는 한숨을 내쉬며 고개를 절레절레 저었다.

"우리의 만남이 이런 식이라서 안타깝네요. 좀 더 알아갈 수 있었다면 좋았을 텐데… 미리 사과하죠. 미안해요."

"왜 사과를 합니까?"

"아까 그대로 헤어졌으면 좋았으련만… 이렇게 부딪치게 된 이상 가볍게 끝내지 않을 거거든요. 협회의 개라면 딱 질색이니까요."

강해는 피식 웃었다.

"사람을 두고 개라니요… 말이 좀 지나치신 거 같은데?"

"당신도 아까 잡아 죽인다느니, 어쩐다느니 그러지 않았나요? 아무튼… 이만 끝내죠."

예리나는 당장이라도 달려들 기세였다.

강해가 미소를 머금고 말했다.

"저랑 내기 하나 하죠."

그녀는 미간을 찡그리며 의아한 눈빛을 보내는 것으로
대답을 대신했다.

강해는 입꼬리를 길게 올리며 말했다.

"내가 이기면 블랙마켓에 속하는 이유를 좀 말해줘요.
그 외의 질문들에도 답해주면 좋고요."

"대체 무슨…."

강해가 검지를 세우며 그녀의 말허리를 잘랐다.

"아, 그리고 식사도 한 번 더 하죠. 이번에는 좀 더 천천
히 말이죠."

예리나는 자신도 모르게 피식 웃었다.

"이런 상황에서…."

그녀는 다시 눈을 날카롭게 치켜떴다.

"그나저나… 본인이 이길 거라 생각하는 건가요?"

"물론이죠."

"당신이 지면요? 제가 이기면 뭘 얻죠?"

강해는 부드럽게 미소를 지어 보였다.

"그럴 일은 없을 테니 생각해볼 것도 없어요."

예리나는 콧등에 주름이 지도록 인상을 찡그리고는 마나
를 끌어올렸다.

그녀가 손끝으로 강해의 안면을 노렸다.

쉭—!

날카로운 바람 소리가 울렸다.

강해는 몸을 뒤로 빼며 가볍게 피해냈다.

그의 시선은 예리나의 손에 고정돼 있었다. 그녀는 손에
주황빛 마나를 머금고 있었다.

'주황빛? 아까는 푸른빛 아니었던가?'

예리나는 뻗었던 손을 거두는 동시에 왼발로 뒤돌려차기
를 했다.

그녀의 발뒤꿈치는 정확히 강해의 턱을 노렸다. 그는 다
시 간단하게 피해냈지만.

"성격 급하시네."

강해의 얼굴에는 여유로움이 묻어났다.

예리나가 인상을 찡그렸다.

"덩치에 안 맞게 잽싸서는…."

그녀가 오른쪽 다리를 수직으로 들어 올렸다.

'레드, 내려차기.'

예리나의 오른발에 붉은빛 마나가 번쩍였다.

콰아아아아앙—!

강해는 몸을 옆으로 틀어 피해냈다.

위력적이었다.

그가 이곳에 와서 마주쳤던 헌터와 몬스터 모두를 포함
해서 예리나가 가장 강했다.

'마나의 성질을 바꾸면서 쓰는 건가?'

강해는 예리나를 흥미롭게 쳐다봤다.

그녀는 아름답고 강했다.

적어도 겉으로 드러나는 부분은 강해에게 완벽한 여자였다.

예리나는 푸른빛 마나를 드러내며 인상을 찡그렸다.

"제법 빠르네요. 그렇다면 저도 템포를 좀 올려야겠죠."

강해가 입가에 미소를 머금은 채 말했다.

"평소라면 오래 즐겼겠지만… 지금은 전투가 목적이 아니니 빨리 끝내드리죠."

예리나가 보폭을 짧게 한 채 달려들었다.

'블루, 헤이스트, 페더.'

그녀는 푸른빛의 마나를 전신에 휘감았고, 전신이 깃털처럼 가벼워지면서 동작이 빨라졌다.

강해는 그녀의 두 눈을 똑바로 바라보고 있었다.

예리나는 사용하는 마나에 따라 눈동자 색마저 변했다.

처음에 봤을 때 분명 검었던 눈은 밝은 푸른색으로 바뀌어 있었다.

강해는 오른손을 치켜들었다.

'투혼, 격노, 폭주기관차 기어 4단, 살의 극대화.'

분노를 끌어올린 강해가 살의를 내뿜었다.

찰나의 순간이었지만 예리나에게 틈이 생겼다.

강해는 전력을 다했다. 어디까지나 이성을 유지하며 지금 상태로 뿜어낼 수 있는 선이었지만.

팡!

그가 바닥을 차며 돌진했다.

예리나는 어떠한 반응을 하기도 전에 이미 코앞에 다가와 있는 강해가 시야에 들어왔다.

그녀는 다급히 양손을 내지르려 했다.

그전에 강해가 손바닥은 피고 손가락 끝을 구부린 채 휘둘렀다.

콰아아아아아아아아아ᅳ!

거센 바람이 일어났다.

예리나의 머리가 뒤로 휘날렸다.

강해의 오른손은 그녀의 얼굴 앞에서 멈춰 있었다.

그녀는 넋이 나간 표정으로 멈췄다.

강해가 천천히 손을 내렸다.

두 사람의 눈이 마주쳤다.

예리나는 여전히 어떠한 행동은커녕, 입조차 떼지 못했다.

강해가 미소를 지어 보였다.

"내기는 제가 이긴 거 같죠?"

"아⋯⋯."

그녀는 블랙마켓에 속해 활동하기 때문에 공인된 등급은 없다.

하지만 블랙마켓에서도 가진 힘에 맞게 일이 주어진다. 그들 역시 자체적으로 등급을 가지고 있다. 일거리 자체에도 등급이 붙어 있고.

블랙마켓에서 예리나가 현재 맡는 일은 9성급.

그것도 대부분 간단하게 해치우는 게 대부분이기에 사실상 10성에 다다랐다고 봐도 무방할 정도로 우수했다.

강해의 생각대로 지금까지 마주쳤던 헌터들 중 가장 강했다.

예리나는 올해 스물넷으로 어린다고 볼 수 있지만, 헌터로서의 재능을 나타내기 전부터 훈련을 받아왔다.

그녀의 머릿속에 남아 있는 과거들 중 가장 오래된 것이 네 살 때의 단편적인 기억인데, 격투기를 연마하는 자신의 모습이었다.

나이는 어리지만 그녀 역시 베테랑 중의 베테랑이었고, 생사를 걸고 싸워왔다.

'끝날 때까지 끝난 게 아니야.'

그녀는 힘의 격차를 느꼈음에도 불구하고 다시 반격을 시도했다.

'오렌지, 아이언 피스트.'

예리나의 두 눈동자는 주황색으로 변했고, 두 주먹에 주황빛 마나가 입혀졌다.

터팅!

그녀가 빠르게 두 주먹을 번갈아 휘둘렀지만, 강해는

오른쪽 손바닥만으로 가볍게 막아냈다.

그는 두 눈을 번뜩이며 왼손을 아래서부터 쳐올렸다.

'폭주기관차 기어 3단, 레이지 어퍼.'

강해가 오른쪽 장저로 예리나의 아래턱을 노리고 올려쳤다.

퍼엉!

분노를 터트리며 빠르게 휘두르는 오른손, 거기에 폭주기관차 기어 3단의 순간적인 폭발이 팔꿈치 뒤로 뿜어져 나와 추진력을 가했다.

콰아아아아아아아—! 타탁.

강해는 또다시 예리나의 턱 바로 아래서 손을 멈췄다.

그녀는 풍압만으로 몸이 살짝 떠올랐다가 가라앉았고, 턱이 강해의 손바닥 위로 얹어졌다.

'말도 안 돼….'

원래도 커다란 예리나의 두 눈은 빠질 것처럼 커져 있었다.

강해가 그녀의 턱에서 천천히 손을 떼면서 말했다.

"리나 씨라서 이번에도 봐준 겁니다. 이렇게까지 했는데도 다시 덤빈다면 그때는 저도 어쩔 수 없어요."

그가 미소를 머금은 채 말을 이었다.

"무슨 말인지 알죠? 안 된다는 거 이해했을 거 같은데. 똑똑해 보이거든요."

예리나는 천천히 고개를 끄덕거렸다.

'이 사람 정체가 뭐지? 마나는 1성… 그것도 중하급 수준밖에 안 돼. 그런데 어째서 이렇게까지 강할 수가…'

그녀는 여전히 말문을 열지 못한 채 강해를 멍하니 바라봤다.

'이 사람이 그 남자인가? 신체능력만으로 10성에 다다랐다는… 아니야, 그 남자는 이렇게 큰 체격을 가졌다고 하지 않았어.'

그녀의 시선은 강해의 왼쪽 눈 위를 가로지르는 흉터로 옮겨졌다.

'저런 흉터에 대한 얘기도 없었고, 특성도….'

예리나가 강해를 빤히 들여다보며 생각만 하고 있을 때였다.

"이제 그만할 거죠?"

강해가 물었다.

예리나는 잠시 눈을 마주치다가 모든 마나를 거뒀다. 그제야 강해도 모든 기술을 해제하며 끌어올렸던 분노를 가라앉혔다.

"당신… 대체 정체가 뭐죠?"

그녀가 물었다.

강해는 입가에 미소를 머금고 되물었다.

"질문은 제가 하기로 했던 거 같은데요?"

"……."

"저에 대해서도 차차 알아가야겠죠. 다만…."

그는 휴대폰을 꺼내 시간을 확인한 뒤, 다시 그녀와 눈을 마주쳤다.

"지금은 시간이 좀 부족하네요. 서로에 대해 차차 알아가는 건 다음으로 미루죠."

예리나는 그저 멍하니 서 있었다.

강해가 그녀에게 휴대폰을 들이밀었다.

"연락처 알려주시죠."

"네?"

"제가 물어보는 거에는 다 대답하기로 했잖아요?"

"아, 예…."

그녀는 불응할 수 없었다.

강해의 손에 죽거나 혹은 시키는 대로 하거나, 두 가지 선택권만을 손에 쥐고 있었다.

그 물음에 답하기 싫은 마음도 없었다. 그저 이런 상황에 휴대폰 번호를 물어보는 그가 이해되지 않을 뿐이었다.

'대체 뭐 하는 사람인지….'

처음에 서로 관심을 갖고 움직인 것은 분명했지만, 지금은 상황이 달랐으니까.

강해는 휴대폰을 다시 받아 주머니에 넣고는 손을 내밀었다.

"악수하죠."

"예?"

"악수요."

강해가 손을 가볍게 흔들었다.

예리나는 얼떨결에 그의 손을 맞잡았다.

강해는 씩 웃어 보이며 악수를 했다.

'블러드 레이더.'

그는 악수를 하기 전, 손아귀에 핏방울을 머금고 있었다. 그리고 예리나와 악수를 하며 피를 묻혔다.

블러드 레이더는 소량의 피를 상대방의 피부에 흡수시켜 일정 거리 안에 있을 때 추적이 가능케 하는 기술이었다.

즉, 강해와 한 번 맞부딪치는 모든 이들은 평생 벗어날 수 없다.

블러드 레이더를 무마시킬 방법은 두 가지뿐이다. 살가죽을 다 벗겨내거나 강해를 죽이거나.

❖

강해가 말했다.

"그럼 조만간 연락할 테니까 받으세요. 다음에 봐요."

예리나는 미간을 잔뜩 찡그린 채 이해가 안 된다는 듯한 표정을 지었다.

"그냥 가는 건가요?"

"네."

"그냥 간다고요?"

"네, 연락할게요. 다음에 봐요."

"아니, 이대로요? 그래도 괜찮아요?"

강해가 씩 웃으며 고개를 한 번 끄덕였다.

"그럼요. 안 될 건 뭐가 있나요? 다음에 봐요. 연락할게요."

그는 곧바로 몸을 돌렸다.

"잠시만요."

예리나가 말했다.

강해는 다시 그녀에게로 시선을 옮겼다.

"왜요?"

"제가 연락을 안 받으면요? 제가 당신하고 다시 만날 거란 보장이…."

강해가 활짝 웃으며 말허리를 잘랐다.

"아뇨, 우린 만나게 될 거예요. 당신은 제 전화를 받을 거고요. 그러고 싶잖아요?"

"……."

"갈게요."

강해는 곧바로 몸을 돌려 다른 건물의 옥상으로 향했다.

'어디에 있든 찾아낼 수 있기도 하고….'

그는 입가에 미소를 머금었다.

'예리나… 아직 당신과의 관계를 어떻게 할지 결정한 건 아니야.'

강해는 옥상을 뛰어넘으며 그녀의 얼굴을, 맑은 두 눈을 떠올렸다.

'나쁜 사람은 아니었던 거 같은데… 실제로도 그러길 바라야지.'

그의 오른손에는 힘이 잔뜩 들어가 있었다.

'아무리 매력적이라도 죽어 마땅하다면 살려둘 수 없으니까….'

뿌득!

강해는 자신도 모르게 이를 갈았다.

끌어올렸던 분노는 전부 사그라들지 않았다.

예리나와의 내기 때문이었다. 그녀를 다치지 않게 하는 동시에 압도적으로 제압하기 위해 이성을 유지하는 선에서 최대한의 힘을 쓴 덕분이었다.

'이걸 어딘가에 풀어야 되는데….'

그렇게 생각하는 순간이었다.

"소매치기야—!"

강해가 건물 아래쪽으로 시선을 옮겼다.

한 중년 여자가 발을 동동 구르고 있었다.

강해는 그녀의 앞으로 눈을 돌렸다.

한 남자가 핸드백을 손에 쥔 채 달리고 있었다.

그는 앞을 가로막는 사람들을 가볍게 뛰어넘고, 벽을 차고 달리는 등 민첩한 몸놀림을 보였다.

[하지한]

특성 : 닌자

잠재력 : 74

그는 헌터로 등록되지 않은 남자였다. 1성 하급에서 중급 정도로 특수절도, 소매치기를 주로 하는 잡범이었다.

금세 드론 하나가 그의 옆으로 날았다. 드론은 카메라에 그의 모습을 담으며 경보를 울렸다.

삐익! 삐익!

"사건 발생! 일반인 상대 소매치기! 전과 3범 하지한으로 확…"

콰앙!

하지한이 드론을 걷어차 부숴버렸다.

그는 입가에 미소를 머금고 다시 내달렸다.

그의 위로 미소를 머금은 또 다른 이도 있었다.

강해는 옥상 난간에서 그 모습을 보며 피식 웃었다.

그때 하지한에게는 또 다른 드론이 들러붙었다.

삐익! 삐익!

"전과 3범 하지한, 현 기물파손 및 소매치기…"

하지한은 또다시 드론을 부수려 했다.

그때 강해가 옥상 난간에서 아래로 뛰어내렸다.

'리프.'

하지한은 섬뜩한 느낌에 고개를 뒤로 돌리려 했지만,

강해는 이미 뒤에 바짝 다가서 있었다.

강해가 오른발을 뻗어 하지한의 오른쪽 어깨 후면을 밟았다.

콰아아아아아아앙—!

"끄아아아아아아아아아아아—!"

강해의 발에 짓밟힌 하지한의 오른쪽 어깨가 사라졌다.

특별한 기술을 쓴 것은 아니지만, 높은 곳에서 뛰어내려붙은 추진력과 강해의 신체능력 때문이었다. 하지한의 몸이 연약한 탓도 있었고.

강해의 오른발은 하지한의 어깨 후면을 완전히 터트리다시피 박살내며 바닥까지 부수고 들어갔다.

그는 드론을 향해 씩 웃어 보였다.

드론은 기계음 몇 번을 울린 뒤 목소리를 냈다.

"최강해, 6성 헌터, 확인, 범인 제압, 상황 종료, 범인 부상 심각."

띠리릭, 띠리리리릭.

"구급대 도착까지 3분 소요 예정."

하지한은 바닥에 엎드린 채 고통에 신음할 뿐, 움직이지못했다.

강해는 그를 그대로 내버려둔 채 자리를 떴다.

드론에 의해 모든 상황이 촬영되고 전송됐기에 이에대한 보상금은 빠르면 당일, 늦어도 이틀 안에는 입금된다.

범죄를 저지를 거면 드론이 없는 곳에서, 일을 할 거면 드론이 있는 곳에서가 기본이다.

강해는 곧바로 호텔을 향해 움직였다.

'이제 좀 개운하네.'

❖

강해가 호텔에 들른 이유는 방에 뒀던 대검을 가져오기 위해서였다.

그가 대검을 챙긴 뒤 호텔 밖으로 나왔을 때의 시간은 오후 12시가 조금 넘어가고 있었다.

'쌕을 놈이 누구한테 오라가라인지….'

강해는 인상을 구긴 채 류준열과의 약속장소로 향했다.

약속시간까지는 아직 1시간 이상 남은 상태였다. 강해는 아랑곳 않고 카페에 들어섰다.

류준열의 모습은 보이지 않았다.

대검을 등에 차고 카페에 들어선 사내.

현 시대에서는 그리 이색적인 광경이 아니었다. 카페 내에 각종 장비를 비치할 공간까지 마련돼 있었으니까.

단, 전부 유료였다. 많은 헌터들이 항상 장비를 지니고 있고, 수입이 높은 점을 노려 수익을 창출하는 것이었다.

카페뿐만 아니라, 수많은 상점들이 이러한 방법을 쓰고 있었다.

근래 들어서는 대부분 상점들이 장비를 따로 보관하는 곳에 두지 않으면 아예 출입 자체를 통제하는 곳들도 있었다.

'창조경제구만….'

커피 값보다 장비의 보관료가 더 비싸니 헌터들의 입장에서는 짜증이 날만도 했다.

강해는 등에 찬 대검을 보관 장소에 놓았다. 장비를 관리하는 직원은 주차 티켓과 같은 것을 건네줬다.

1시간은 무료로 보관할 수 있었다. 그나마 양심적인 가게였다.

강해는 커피 한 잔과 샌드위치를 구입해 자리에 앉아 휴대폰을 들여다보며 시간을 죽였다.

오후 1시 50분.

류준열이 카페에 들어섰다. 그는 곧바로 강해에게 다가와 인사를 건넸다.

"일찍 오셨네요."

강해는 남은 커피를 비우고는 말했다.

"뭐 안 마십니까?"

류준열은 잠깐 당황하더니 이내 미소를 지어 보였다.

"마셔야죠. 잠깐 기다리세요."

그가 걸음을 떼기 전, 강해는 휴대폰을 들여다보며 말했다.

"아메리카노, 차가운 걸로."

류준열이 당황하며 되물었다.

"네?"

강해는 눈알만을 굴려 그를 쳐다보며 말했다.

"아메리카노, 차가운 걸로."

류준열은 잠시 떫은 표정을 짓다가 별다른 말없이 걸음을 옮겼다.

약 2분 뒤, 류준열이 커피 두 잔을 들고 강해의 맞은편에 앉았다.

강해는 손을 뻗어 자신의 커피를 집어 들어 한 모금 마셨다.

류준열은 당황스럽다는 듯한 표정을 지었다.

강해가 먼저 입을 뗐다.

"그래서… 할 말이 뭡니까?"

"말씀드렸다시피, 최강해 씨가 호형호제 클랜과 전투를 벌였을 때 무고한 피해자가 생겼다 이겁니다."

"무고한 피해자?"

류준열이 고개를 가볍게 끄덕였다.

"예, 그렇습니다. 호형호제 클랜은 이래저래 문제가 많은 곳이긴 했습니다."

그는 커피를 한 모금 마신 뒤 말을 이었다.

"최강해 씨가 정당방위로 전투를 벌여 그곳을 무너트리긴 했지만, 그게 아니었어도 대부분 잡아들일 범죄자들이었다 이거죠."

"무고한 사람은 무슨 말입니까?"

"말 그대로입니다. 전과도 없고, 실제로 저지른 범죄가 없는 이들입니다. 그런데 불행하게도 최강해 씨의 전투에 휘말려 부상을 입었죠."

강해가 미간을 찡그렸다.

"웃기는 소리하지 마십시오… 그쪽은 전부 합세해 내게 덤비려고 했습니다. 나는 호형호제 클랜 전원을 제압했을 뿐이고. 정당방위라는 거죠."

"글쎄요, 그걸 입증할 수 있나요?"

"뭐요?"

"어떠한 증거도 없고, 증인도 없잖습니까? 하필이면 그쪽에 드론이 없을 때 벌어진 일이라 진술을 토대로 수사하는 수밖에 없거든요."

강해는 그와 두 눈을 똑바로 마주쳤다.

"빙빙 돌리지 말고 제대로 말해."

류준열이 헛웃음을 쳤다.

"서로 예의는 지키죠?"

"이 자리에서 네놈 면상을 테이블에 대고 박살내기 전에 똑바로 말하라고. 결국 네놈 말을 듣지 않으면 내게 죄를 뒤집어씌우겠다는 거 아니야?"

류준열은 말없이 두 눈을 마주쳤다. 그는 잠시 뜸을 들이다가 입을 열었다.

"그런 게 아닙니다. 정확히 말하자면 현재 무고한 피해자라 주장하는 이들이 있다는 거죠."

"놈들이 어떻게 무고하다는 거야? 같은 클랜이잖아. 그럼 다른 놈들이 저지른 범행들을 알고 있었을 텐데? 그것만으로도 공범으로 볼 수 있는 것이지 않은가?"

"그거까지는 아직 밝혀지지 않아서 말이죠. 그쪽이 변호사를 선임하고, 자신들의 무죄를 주장하게 되면 최강해 씨는 하나뿐인 용의자가 되는 거죠. 결국…."

강해가 인상을 찡그린 채 말했다.

"놈들이 무죄 판결을 받으면, 내가 유죄라는 거잖나…."

"그렇습니다."

"그래서 조건이 뭐지?"

"예?"

강해는 양손을 테이블 위로 올리며 말했다.

"모르는 척하지 말고, 바로 풀어놓으라고."

"……."

"당신도 놈들이 연루돼 있는 것쯤은 알잖아? 같은 클랜인데 아무것도 모른다는 건 말이 안 되지. 그리고 같은 클랜원들이 전투를 벌이는데, 함께 있었는데도 가세를 안 했다? 이것도 말이 안 되지."

류준열은 팔짱을 낀 채 등을 의자에 기댔다.

강해가 말했다.

"내가 대충 시나리오를 읊어볼까? 하지만 나한테는 정당방위를 주장할 증거가 부족한 상태야. 내가 볼 때 놈들이 무죄를 주장하고 있을 것 같지는 않아. 하지만 당신이 놈들을 꼬드겨 무죄를 주장하게 만들 수는 있는 거 같은데. 맞나?"

"계속 얘기해보시죠."

"맞는 걸로 받아들이지. 놈들이 무죄 판결을 받으면 내쪽은 골치가 아파지겠지. 여태까지 사건을 처리한 방식이 거칠었다는 것을 들먹이며 도주의 우려가 있다고 주장해서 일단 구속하려 들 테고."

"……."

"하지만 앞서 말했듯이 놈들이 무죄를 주장하고 있지는 않을 거야. 분명히 함께 싸우려 들었거든."

강해는 테이블 위의 양손에 힘을 주며 주먹을 꽉 쥐어 보였다.

"무엇보다 나랑 맞붙어서 겨우 목숨을 건졌는데… 무죄이니 유죄이니, 벌써부터 말할 놈은 없을 게 확실하다."

"꽤나 자신의 힘에 자신감이 넘쳐 보이네요."

"당연하지. 헛짓거리는 하지 않는 게 좋을 거다. 네놈은 살아남지 못할 테니까."

류준열이 피식 웃으며 물었다.

"지금 저를 죽이겠다고 협박하시는 겁니까?"

"어디까지나 네놈이 개수작을 부릴 때 이야기다. 그리고…."

강해는 두 눈을 번뜩이며 말을 이었다.

"협박이 아니야. 반드시 내가 말한 대로 된다."

류준열이 품에서 무언가를 꺼내들었다. 녹음기였다.

여태까지 두 사람이 한 대화의 전부가 녹음돼 있었다.

"살해 협박까지 더해진 거 같네요."

강해가 두 눈을 번뜩였다.

'스캐터, 피 폭발.'

퍼엉!

강해가 아주 작은 핏방울을 띄워 녹음기에 묻혔고, 녹음기를 부술 정도의 작은 폭발을 일으켰다.

류준열의 얼굴이 일그러졌다.

"뭐 하는 짓입니까?"

강해가 미간을 찡그리고 말했다.

"간보는 건 그만둘 때 됐잖아. 그냥 말해."

류준열은 잠시 눈을 마주치고 있다가 손에 쥐고 있던 부서진 녹음기를 내려놓으며 가볍게 한숨을 내쉬었다.

"그래, 그러지."

강해는 눈썹을 찡그리며 당장이라도 그를 죽일 듯이 노려봤다.

류준열은 아랑곳 않고 말을 이었다.

"싸우러 온 게 아니니까 살기는 좀 접어두고…"

"쓸데없는 말은 집어치우고, 본론만 얘기해."

"그래, 그러지. 우선 처음은 당신의 예상은 대부분 맞았어.

하지만 이미 알다시피 나는 당신을 잡으려고 하는 게 아니야."

그는 미소를 머금은 채 말을 이었다.

"내가 오늘 당신을 보자고 한 건 제안을 위해서야. 우리 모두에게 좋을 일이지."

"제안?"

"그래, 제안. 같이 일을 하나 해줬으면 해서."

"뭐?"

류준열은 첫 만남부터 대면해본 결과 강해가 모든 일에 그리 협조적이지 않을 것을 알고 있었다.

강해는 특정 그룹에 속해 움직이는 것을 싫어하는 것은 사실이다.

그는 더 판타지아를 제패하고, 한 나라의 지도자 자리를 차지했는데도 내팽개칠 정도였으니까.

류준열이 제안하는 일은 블랙마켓에 관한 것이었다.

강해가 슬로터 클랜을 제압하는 과정에서 유일하게 블랙마켓에 속한 남자는 티라퐁 하나였다.

슬로터 클랜은 그들과 모종의 거래를 하고 있었고, 블랙마켓의 조직 '르엇'의 티라퐁이 뒤를 봐준 것이다.

르엇에도 이미 강해의 손에 티라퐁이 죽음을 맞이한 것에 대해 파악하고 있었다.

류준열이 말했다.

"놈들이 너를 타깃으로 삼았어."

"그래서?"

"르엇은 국내 체류 중인 태국인을 중심으로 만들어진 조직이야. 이번이 놈들을 잡을 기회고."

르엇은 헌터 협회에서 예전부터 벼르고 있던 조직이었다.

하지만 워낙 조심성이 많은 놈들에다 은밀하게 움직여 체포가 쉽지 않았다.

르엇은 대략 30명 내외의 규모로 보였는데, 그중 수배가 떨어진 건 둘밖에 되지 않았다. 그것도 말단 중의 말단들.

강해가 물었다.

"그래서 하고 싶은 말이 뭔데?"

"당신이 미끼 역할을 해주면 좋겠다 이거지. 놈들의 특성상 동료가 당했는데 가만히 있을 리가 없거든. 놈들은 분명히 너를 습격할 거다."

"그래서… 내가 미끼가 되면, 놈들이 나를 습격할 때 일망타진하겠다?"

류준열이 고개를 끄덕였다.

"그렇지."

"이거하고 나를 협박하려던 건 무슨 상관이지?"

"내가 그냥 부탁하면 당신이 순순히 들어줬을까? 아닐테지."

그는 속내를 털어놨다.

호형호제 클랜의 살아남은 이들을 이용해 자신들은 무죄,

강해에게 당한 피해자들이라 주장하게 하려 했다고.

"덤으로 그쪽이 녹음기를 부수지 않았다면 그것 또한 빌미로 삼을 수 있었겠지. 나는 녹음 파일의 삭제 그리고 호형호제 클랜 전체의 유죄 입증을 걸고 당신에게…."

강해가 그의 말허리를 잘랐다.

"미끼를 하라고? 아니, 애초에 미끼가 왜 필요하지?"

"그게 그렇게 간단치 않아."

헌터 협회 측에서는 함부로 움직일 수 없었다.

블랙마켓을 무조건적으로 범죄자 집단으로 보기는 힘들기 때문이었다.

그곳에서 이뤄지는 거래는 전부 세금을 피해가니 엄연히 불법이지만, 이외에는 정상적으로 활동하는 이들도 많았다.

실제로 블랙마켓에서 활동하는 이들 중 많은 이들이 정식으로 등록된 헌터인 경우도 많았고.

그 만큼 블랙마켓의 규모는 거대했다.

지금 세상에서 가장 큰 덩치를 가진 집단들은 세 곳으로 나뉘었다.

헌터 협회, 클랜 그리고 블랙마켓.

"제대로 된 혐의 없이 갑작스레 막 쳐들어갈 수 있는 게 아니라고. 정면으로 전쟁을 벌이는 건 더더욱 말이 안 되고."

블랙마켓이라고 전부 탈세를 위한 거래나 범죄만 저지르는 게 아니다.

그들 역시 던전에서 사냥을 한다.

만약 헌터 협회와 블랙마켓이 정면으로 전쟁을 벌인다면, 양면으로 사냥할 이들의 숫자가 줄어든다. 자연스레 처리하지 못하는 던전의 숫자는 늘어날 게 불 보듯 뻔했다.

블랙마켓은 필요악이었다. 완전히 악으로 보기에도 애매했고.

류준열이 말했다.

"그러니까 진짜 악질들만 골라내서 잡아야 되는 거지. 르엇은 그런 곳이다만… 명분이 필요해."

그가 눈을 부릅뜨며 말을 이었다.

"너는 그런 명분이 될 수 있어. 놈들은 어느 때든 습격을 해올 거야. 그럼 놈들을 기습하면 된다. 르엇은 너를 죽이기 전까지 멈추지 않을 테니까."

강해는 인상을 찡그린 채 중얼거리듯 말했다.

"미끼라…."

"그래. 그에 대한 보상도 지급될 거야."

강해가 코웃음을 친 뒤 물었다.

"간절히 부탁해도 해줄까 말까인데 그 따위 태도로 가능하다고 보나?"

"나한테는 아직 호형호제 클랜이라는 패가 남아 있으니까. 실형을 살지는 않을 테지만, 무죄로 풀려나기까지 꽤 많은 시간이 소요될 걸? 집행유예 정도는 나올 수도…."

강해가 자신의 휴대폰을 들어 보였다. 여태까지 모든 대화내용을 녹음하고 있던 것이다.

류준열의 얼굴이 굳었다.

강해가 휴대폰을 주머니로 넣은 뒤 피식 코웃음을 쳤다.

"지가 썼던 방법을 그대로 당하네? 멍청한 건 약도 없는데… 애초에 이런 얄팍한 수나 부리는 놈이니 대가리 굴러가는 수준도 뻔하긴 하다만."

"……"

"그리고 당연히 네놈 부탁 따위 들어줄 리 없잖나… 그런 부탁을 하고 싶었으면 이딴 식으로 했으면 안 되지. 예상대로 뭔 지랄을 해도 네놈의 부탁을 들어주지는 않았겠지만."

강해는 팔짱을 끼고 턱을 들어 올려 류준열을 내리깔아 봤다.

"솔직히… 성질 같아서는 네놈이 개수작 부릴 때 이미 죽이고 싶었다."

류준열은 인상을 잔뜩 찡그린 채 도끼눈을 뜨곤 입을 꾹 다물고 있었다.

강해가 씩 웃으며 말했다.

"하지만… 스스로 정한 규칙이 있거든. 그래서 네놈이 아직도 숨을 쉬고 있는 거다."

"필요해서… 좋게 말했더니 분수를 모르는 거 같은데, 네놈 따위가 날 이길 거라고 생각하나?"

강해는 속으로 쾌재를 외쳤다.

'걸렸다.'

그는 미소를 머금고 말했다.

"당연하지. 한 번 붙어볼까? 싸움이라면 언제든 환영이
다."

"미친 새끼… 시간만 버렸군."

류준열은 자리에서 일어나 몸을 돌리려 했다.

그는 결코 도덕적인 사람도 아니고, 법을 준수하지도 않
는다.

하지만 그 역시 자신이 정한 선을 넘지는 않는다. 쓸데없
는 싸움과 살생이 그랬다.

강해는 류준열을 그냥 돌려보낼 생각이 없었다. 그가 벌
이려던 일도 마음에 들지 않았고, 제법 강하다는 걸 알기에
맞붙고 싶은 마음도 있었다.

류준열이 걸음을 떼려는 순간, 강해가 웃음 섞인 목소리
로 강수를 던졌다.

"네놈이 이긴다면 미끼가 되어주지."

류준열이 몸을 돌리고 물었다.

"뭐라고?"

"네놈이 나와 맞붙어서 이기면 미끼가 되어주겠다고."

강해는 의자에 몸을 완전히 기대고 양팔은 좌우로 벌린
채 씩 웃어 보였다.

류준열은 어이가 없다는 듯이 한쪽 입꼬리를 살짝 올렸다.

"그래, 붙어주지. 그렇게 원한다면 붙어주겠어."

❖

강해와 류준열은 아무도 없는 외진 곳으로 자리를 옮겼다. 그곳에는 두 사람 외에 높이 떠 있는 드론 하나가 전부였다.

두 남자는 약 10m 거리에서 서로를 마주보고 있었는데, 표정은 상반됐다.

류준열은 죽일 듯이 노려보고 있는 반면, 강해는 새로운 장난감이 생긴 어린아이 같은 얼굴을 하고 있었다.

강해는 스캐터를 사용해 핏방울을 사방에 뿌려뒀다. 마나를 사용한 것이 아니고, 그 크기가 작아 류준열은 눈치채지 못하고 있었지만.

류준열이 말했다.

"그나저나… 미끼로 쓰기 힘들어질지도 모르겠는데. 낚싯대에 달아놔야 되려나?"

쾅!

강해가 두 주먹을 맞부딪쳤다.

"입 닥치고 덤벼. 죽이진 않을 테니까."

류준열은 오른쪽 눈썹을 움찔하고는 이내 인상을 더욱 구겼다.

"대련이니…"

그의 전신이 일렁거리는 보랏빛 마나로 휘감겼다.

'마술 모자.'

류준열의 양손에 보랏빛 마나가 모여들었고, 이내 시커먼 큼직한 마술 모자가 형상화됐다.

그가 강해를 향해 두 모자를 던졌다.

강해는 두 모자를 가볍게 피해내고는 미간을 찡그렸다.

"이건 무슨 장난질이야?"

류준열은 입가에 미소를 머금은 채 마술 모자를 수십 개 만들어 사방에 뿌렸다.

강해는 대검을 빼들며 말했다.

"별로 기대는 안 되는구만."

그때 류준열이 한 모자로 뛰어들었다.

류준열은 순식간에 모자 속으로 빨려 들어가 모습을 감췄다.

강해가 한쪽 입꼬리를 가볍게 올렸다.

'어라? 이건 제법….'

그때 강해의 뒤에 떨어져 있던 마술 모자에서 류준열이 튀어나왔다.

그는 허리춤에 차고 있던 검은색 막대기를 빼들었다.

'마술봉 변형, 장검.'

그가 치켜든 막대기는 기다랗고 예리한 장검으로 변했다.

"…팔 하나만 가져가고 끝내주지. 다시 붙일 수 있을 거다."

류준열이 강해의 왼팔을 노리고 검을 휘둘렀다.

챙!

강해는 몸도 돌리지 않은 채 대검을 위로 들어 막아냈다.

후웅―!

그는 곧바로 몸을 돌리며 대검을 크게 휘둘렀지만, 류준열은 다시 마술 모자 속으로 들어가 모습을 감췄다.

'이거 생각보다 나쁘지 않아.'

강해가 이를 드러내며 크게 미소를 머금었다.

주위에는 류준열이 뿌린 수십 개의 마술 모자들이 늘어져 있었다. 그가 어디서 튀어나와 공격할지 모르는 상황.

강해는 헛웃음을 쳤다.

"두더지 잡기인가?"

그는 오른손에 쥔 대검을 어깨에 걸치며 두 눈을 번뜩였다.

'광마의 사지.'

강해의 양팔과 두 다리가 검은 마나로 휘감겼다. 손끝과 발끝은 악마의 것처럼 삐죽했다.

그때 왼쪽 마술 모자에서 류준열이 검을 들고 튀어나왔다. 그의 입가에는 미소가 머금어져 있었다.

강해는 곧바로 그의 방향으로 몸을 돌리며 대검을 치켜들었다.

류준열은 찌르듯 검을 뒤로 길게 뺐다.

두 사람의 눈이 마주쳤다.

강해도 입가에 미소를 머금고 있었다.

류준열은 장검을 찌르고, 강해는 수직으로 대검을 휘둘렀다.

상식적으로 검의 이동거리가 더 좁고, 직선으로 뻗는 류준열의 장검이 더 빨라야 했다. 검의 무게 또한 가벼우니 그것이 당연했다.

하지만 강해가 머리 뒤쪽에서부터 크게 휘두른 대검의 속도가 더 빨랐다.

'이게 무슨…!'

류준열은 흠칫 놀라며 장검의 궤도를 틀어 대검을 막아내려 했다.

그의 공인 등급은 8성, 그중에서도 중급에서 상급을 아우른다. 결코 약한 사내가 아니었다.

장검과 대검이 맞부딪치는 순간.

쩡!

류준열은 검이 버티지 못함은 물론, 힘으로 강해와 정면 승부가 불가능하다는 것을 깨달았다.

쿵!

대검은 바닥을 내리찍었고, 류준열이 황급히 검을 손에서 놓으며 옆으로 몸을 날렸다.

강해는 입가에 미소를 머금은 채 다시 대검을 치켜들며 뒤를 쫓았다.

류준열은 다른 마술 모자 안으로 들어가 모습을 감췄다.

콰앙!

강해는 그 위로 대검을 크게 휘둘렀다.

마나가 실린 대검이 바닥을 내리찍었고, 마술 모자는 사라졌다.

류준열은 다른 마술 모자에서 튀어나와 바닥에 떨어져 있던 장검을 집어 들었다.

강해는 곧바로 대검을 크게 휘둘렀다.

쾅!

류준열은 다시 마술 모자 안으로 숨었다.

쾅! 쾅! 쾅쾅쾅쾅쾅쾅!

강해는 대검을 빠르게 휘둘러 마술 모자들을 차례로 없애기 시작했다.

"두더지… 아니, 류준열 잡기구만!"

그는 정신력과 주문력이 각각 1씩 오른 걸 느낄 수 있었다.

"고작 이거밖에 안 되면 실망인데… 뭔가 좀 더 보여봐! 좀 더 뭔가 해보라고!"

강해는 혼자서만 들을 수 있을 정도로 작게 중얼거렸다.

"나는 더 강한 자극이 필요하단 말이다. 정신력과 주문력도 더 올려야 되고…."

NEO MODERN FANTASY STORY

13. 다크 히어로

만렙
버서커

13. 다크 히어로

류준열이 멀찌감치 떨어진 마술 모자에서 솟아나 모습을 드러냈다. 그의 양발은 여전히 모자 안에 들어 있었다.

강해가 씩 웃으며 말했다.

"언제까지 계속 숨어다닐 거야?"

그가 옆으로 대검을 휘둘렀다.

콰앙!

마술 모자가 하나가 사라졌다.

"숨어다닐 곳이 점점 줄어드는데, 다 없어지고 나면 어떻게 하려고?"

강해는 걸음을 옮기며 반복적으로 대검을 휘둘러 마술 모자를 하나씩 터트렸다.

류준열이 미소를 머금은 채 말했다.

"그거야 아무 문제가 안 되지."

그가 양손을 옆으로 뻗었다.

'마술 모자.'

카드를 차례로 떨어트리는 것 같은 소리와 함께 마술 모자가 사방으로 흩어지기 시작했다. 그 숫자는 눈대중으로 봐도 수천 개였다.

"모자는 많거든."

류준열이 미소를 지어 보이며 마술 모자의 양을 더 늘렸다.

"얼마든지 만들어낼 수 있고 말이야."

그가 마술 모자 안으로 모습을 감췄다.

"계속 네놈의 뒤에서 나타날 수 있지."

류준열이 강해의 뒤에서 튀어나와 마술봉을 치켜들었다.

'마술봉 변형, 갈고리.'

그는 갈고리로 강해의 목을 노렸다.

쩡!

강해는 검은 마나로 휘감은 왼팔을 들어 갈고리를 막아냈다.

"계속 이런 장난질만 치는 건가?"

그는 정신력과 주문력이 오르지 않은 것을 확인하고는 말을 이었다.

"재미도 없고, 도움도 안 돼."

류준열이 코웃음을 치고는 다시 마술봉을 치켜들었다. 마술봉은 갈고리에서 원래의 모양으로 되돌아왔다.

"그래? 재미있게 해주지."

류준열이 마술봉을 크게 휘둘렀다.

턱.

강해는 몸을 돌려 왼손으로 가볍게 잡아냈다.

[스턴 스틱]
특성 : 전격
정신력 : +118 주문력 : +222

강해가 마술봉에서 푸른빛 마나를 느끼는 순간이었다.

파지지지지징—!

푸른빛이 번쩍거리며 강렬한 전격이 일어났다.

강해는 검은 마나를 두른 손으로 잡고 있었는데도 몸이 뒤로 멀리 튕겨져 나갔다.

그는 뒤로 날아가면서 양쪽 입꼬리를 잔뜩 올리고 있었다.

'재밌어.'

그 순간에도 정신력과 주문력이 오르고 있었다.

'아아— 이런 식이라니… 편리하구만.'

강해는 마나만 사용하는 상태에서 전투를 치르면 강해진다.

극한까지 단련된 신체, 극에 치달은 피와 분노에 대해서는
더 이상 발전이 없었지만, 마나를 다루는 부분은 상승했다.

많은 헌터들이 좌절할 만큼 손쉽게 힘을 얻었다. 그저 얻
어맞기만 해도 강해졌으니까.

강해는 미소를 머금은 채 뒤로 날아가 바닥에 드러누웠
다.

'좋구만.'

그의 옆에 있는 마술 모자에서 류준열이 상반신만 튀어
나와 마술봉을 치켜들었다.

"한 방 더…."

그는 당황할 수밖에 없었다.

류준열은 강해가 자신의 공격을 받고 충격으로 쓰러져
있다고 생각했다.

하지만 강해는 미소를 머금고 있었다. 그리고 자신과 눈
을 마주쳐왔다.

"이게 무슨…!"

류준열은 황급히 마술봉을 휘둘렀다.

딱! 치지지지지지징!

강해는 마술봉을 깨물어 받아냈다. 그 상태로 전격을 받
고도 그저 놀랐다는 듯이 눈을 좀 더 크게 뜨는 것이 전부
였다.

"흐꾼흐구믄!" (화끈하구만!)

강해가 마술봉을 입에 문 채로 소리쳤다.

류준열은 이를 악물고 마술봉에 마나를 불어넣어 전격을 일으키려 했다.

'광마의 송곳니.'

끼기긱!

강해는 치아에 광마의 송곳니를 적용시켰다. 그의 치아 전부가 시커멓고 삐죽한 송곳니로 변했다.

그 송곳니로 마술봉을 찌그러트린 것이다.

류준열은 마술봉을 손에서 놓고 황급히 다시 마술 모자로 들어가려 했다.

턱.

강해는 대검을 내려놓고, 옆으로 누워 왼손으로 머리를 받치고 있었다. 다리까지 꼬고 있는 모습, 얼굴에는 여유와 미소가 묻어났다.

그는 오른손으로 류준열의 왼쪽 손목을 붙잡은 채 말했다.

"이제 그만 숨어. 그건 재미없으니까.

"이 새끼…!"

류준열이 오른쪽 주먹을 치켜드는 순간이었다.

강해가 몸을 튕기듯 벌떡 일어나 마술 모자에서 그를 쭉 뽑아냈다.

"제대로 붙자고, 남자답게 말이야."

류준열은 두 눈을 번뜩이며 오른쪽 주먹을 그대로 내질렀다.

강해는 미소를 머금고 왼쪽 주먹을 휘둘러 맞받아쳤다.

우드득!

검은 마나를 휘감은 강해의 주먹에는 생채기조차 남지 않았지만, 류준열의 주먹은 박살이 났다.

강해는 그의 왼쪽 손목을 움켜쥐고 휘두르듯 들어 올렸다.

류준열의 몸이 공중에 붕 떴다.

강해가 그를 바닥에 대고 크게 휘둘렀다.

류준열은 두 눈을 부릅뜨고 이를 악물었다.

'마술 모자, 특대.'

후웅—! 쉭.

강해의 두 눈이 커졌다.

"이것 봐라?"

그의 시야에는 류준열의 왼팔만이 보였다.

커다란 마술 모자가 생겨나 그를 삼킨 것이다.

그리고 강해는 멀리 떨어져 있는 마술 모자 하나에서 류준열이 나와 있는 것을 볼 수 있었다.

류준열은 마술 모자에서 왼팔을 빼내려 애쓰고 있었다. 강해와 눈이 마주친 그의 얼굴에는 당황스러움이 가득했다.

강해는 여전히 그의 손목을 놓지 않은 채 눈을 마주쳤다.

'전부 이어지는 건가? 이건 나름 재미있구만.'

그는 양손으로 류준열의 왼팔을 움켜쥐었다.

"아까 내 팔만 가져가겠다고 했었나?"

류준열은 팔을 빼기 위해 안간힘을 다하며 소리쳤다.

"하지 마! 멈춰! 하지…."

그가 말을 마치기 전이었다.

강해가 움켜쥐고 있던 류준열의 왼팔을 걸레를 짜듯 비틀었다.

쿠드드드득!

"내가 대신 가져가지."

강해는 그제야 손을 놓았고, 류준열은 멀찌감치 떨어진 곳에서 양팔을 늘어트린 채 이를 악물었다.

강해가 미소를 머금은 채 말했다.

"그래도 제법이야. 오른쪽 주먹과 왼팔이 박살났는데도 비명 한 번 지르지 않다니."

그는 환호를 하듯 오른손을 입 옆으로 가져다 대고 목소리를 높였다.

"제법이라고! 그 정신력이면 더 강해질 수 있겠어! 아직 뭔가 좀 더 보여줄 수 있을 거 같은데, 뭐가 남았지?"

류준열이 씩 웃었다.

강해가 헛웃음을 쳤다.

"허? 아직 웃어?"

류준열이 양팔을 들어 보였다.

'페이크 핸즈.'

그의 양팔은 처음부터 가짜였다. 정확히는 자신의 기술로 팔을 개조해둔 것이다.

우둑, 우두둑, 콰득!

류준열의 양팔이 원래대로 되돌아왔다.

"아직 안 끝났어."

강해는 활짝 웃었다.

"그런 건 처음이야! 죽이는데!"

류준열이 양쪽 손바닥을 내보였다.

"네놈이 생각보다 강한 건 알겠다만… 여유를 부려도 너무 부리는군."

'트럼프 카드.'

사방에 깔린 모자들이 어느새 손바닥보다 커다란 트럼프 카드들로 바뀌어 있었다.

짝!

류준열이 양팔을 쭉 뻗은 채 손뼉을 마주쳤고, 트럼프 카드들이 강해에게로 날아들었다.

강해는 입가에 미소를 머금은 채 바닥에 떨어져 있던 대검을 집어 들었다.

파팡, 파파팡, 파파파파팡!

그는 대검을 사방으로 휘둘러 날아드는 마나덩어리 카드들을 막아냈다.

대검으로 직접적인 공격은 막아내도 폭발로 인한 여파까지 완전히 차단할 수는 없었다.

웬만한 헌터였다면 그것만으로도 큰 피해를 입었을 테지만, 강해는 달랐다.

살짝 따끔한 정도의 자극이 더욱 즐겁게 했다.

류준열이 손을 다시 까딱였다.

"카드는 아직 많아."

아무리 강해라지만 대검을 휘둘러 수백, 수천의 카드들을 하나하나 막아내는 것은 불가능했다.

촤르르르르르륵, 피피피피피피핑!

카드들이 다시 날아들었다.

그 와중에 강해는 자신의 정신력과 주문력이 상승하는 것을 생각하고 있었다.

'좋아, 대략 이 정도면 그거까진 아직 안 될 것 같지만…'

그는 검은 마나를 대검으로 모았다.

'마검.'

강해가 손에 쥐고 있던 대검이 검은 마나로 덮여 더욱 커졌다.

강해가 사용하던 기술을 응용한 것이었다.

본래 피와 분노만을 이용해 검을 만들어낸다. 하지만 현재 그의 정신력과 주문력으로는 한계가 있었는데, 대검에 덧대는 방식을 한 것이다.

후우웅—! 파아아아아아앙—!

강해가 마검을 크게 휘두르자 카드들이 한 방에 전부 사라져버렸다.

류준열은 미간을 잔뜩 찡그린 채 중얼거렸다.

"대체…."

강해는 한쪽 입꼬리를 가볍게 올렸다.

"이제 더 이상 볼 잔재주도 없는 거 같구만."

그는 류준열과의 싸움에서 더 이상 정신력과 주문력을 올리기 힘들기에 끝내기로 결정했다.

'광마의 다리.'

그는 모든 마나를 두 다리로 이동시켰다.

경제적으로 마나를 운용하는 것이었다.

마나를 뿜어내면 그대로 소비하지만, 신체에 머무르게 함으로써 소비량은 최소화하며 최대한의 힘을 내고 있었다.

파앙!

강해가 땅을 박차고 튀어나갔다. 그는 순식간에 류준열의 코앞에 다가섰다.

'마검.'

그의 검은 마나가 다시 대검으로 쏠려 형태를 이뤘다.

"이번엔 제대로 가져가겠다."

후웅—!

마검이 류준열의 양팔을 베고 지나갔다.

"끄아아아아아아아—!"

잘려나간 양팔이 바닥에 떨어졌다.

강해가 씩 웃었다.

"이번에는 아픈가 보구만."

류준열은 무릎을 꿇고 자신의 양팔을 쳐다보며 울먹거렸다.

"내, 내 팔… 내 팔이!"

강해는 그가 했던 말들을 그대로 돌려줬다.

"깨끗하게 베어냈으니 다시 붙일 수 있을 거야. 재활에는 시간이 좀 걸리겠지만."

"이, 이… 빌어먹을—!"

류준열은 고함을 치며 두 눈을 번뜩였다.

'탈출마술, 대형금고.'

강해의 머리 위로 거대하고 투명한 정사각형의 금고가 떨어졌다. 그것은 강해가 있는 방향으로 입구가 열려 있었다.

쿠웅—!

금고는 강해를 집어삼키자마자 완전히 차단되고는, 푸른 빛의 쇠사슬로 칭칭 감기기 시작했다.

류준열이 소리쳤다.

"이 빌어먹을! 빌어먹을! 네놈을 현행범으로 체포한다! 방심한 사이에 이런 미친… 내 팔을!"

강해는 금고 안에서 곤란하다는 듯이 양팔을 가볍게 들어 보였다.

"이건 내기가 걸린 대련이었잖아. 대체 무슨 죄로 나를 체포하겠다는 거야?"

"웃기지 마! 네놈은 지금 협회 소속의 헌터를 죽이려…"

그가 말을 마치기 전이었다.

강해는 마검을 휘둘러 간단하게 금고와 사슬까지 통째로 베어 반으로 갈랐다.

"설마 이걸로 네놈의 팔만 벨 수 있을 거라 생각했나? 참 나…"

류준열은 분해서, 고통스러워서 인상을 구길 뿐이었다. 그리고 이해할 수 없었다.

'대체 어떻게… 마나는 고작 1성 중하… 아니, 상급? 아까까지만 해도 1성 중급도 안 되는 수준이었는데.'

강해의 정신력과 주문력은 상승해 있었다.

그가 금고를 베어내는 것은 아주 간단한 일이었다. 그저 마검을 예리하게 만든 뒤 힘을 좀 쓰면 됐으니까.

강해가 류준열에게로 천천히 다가갔다.

류준열이 소리쳤다.

"날 죽일 셈이냐? 못 그럴 걸? 나는 이미 싸울 마음이 없어!"

그는 고개를 위로 쳐들고는 소리치기 시작했다.

"내가 졌다! 내가 졌다! 나는 더 이상 싸움을 원치 않는다!"

강해가 헛웃음을 쳤다.

"함께 시작해놓고 무슨 말을 하는 거야? 그리고 방금 그건 뭐야? 꼴사납군…"

"난 협회 소속 헌터야! 우리가 처음 싸울 때부터 지금까지 드론이 모두 촬영하고 있었어!"

"그래서? 합의하에 싸운 거 아니었나? 내가 이겼잖아? 난 이제 그냥 가면 될 거 같은데."

"그래, 그랬지! 하지만 이제부터는 아니야. 넌 못 가. 네놈은 미끼 역할을 해야 돼!"

"뭐?"

류준열은 두 눈을 부라리며 말했다.

"난 협회 소속이야. 내 말을 듣지 않으면 네놈은 반드시 감방에 들어가게 될 거다!"

"드론이 처음부터 끝까지 촬영하고 있다는 거 아니었나? 지금 네놈이 말하는 것도 전부 담겼을 텐데?"

"내가 그거 수정할 권한이 없을 거 같나? 넌 이제 내 말을 듣는 수밖에 없어."

그는 자신의 양팔을 한 번 쳐다보고는 말을 이었다.

"이건… 예상 밖이지만, 방심한 내 탓이니 봐주도록 하지. 넌 이제 내 개야. 내가 시키는 대로 해야 되는 개!"

강해는 코웃음을 치고 물었다.

"싫다면?"

"평생 쫓기는 몸이 되고 싶다면 해보시지."

강해가 대검을 치켜들었다.

"그냥 여기서 널 죽이면 끝나는 거 아닌가?"

"할 수 있으면 해봐! 넌 평생 쫓기는 몸이 될 거다."

"어째서? 네놈이 죽으면 영상을 조작할 사람도 없을

텐데?"

"난 방금 항복을 선언했어. 그 시점에서 우리의 싸움은 끝난 거다. 네놈은 이제 날 죽일 수 없어. 아무리 암묵적으로 허용되는 부분들이 있다 할지라도 협회 소속인 난 달라!"

류준열은 침을 튀겨가며 목소리를 높였다.

"양팔을 잘린 것에 대한 책임은 묻지 않아도! 지금 날 죽이면 그에 대한 대가는 반드시 치러야 될 거다! 넌 내 말을 듣는 수밖에 없어! 지금 여기서 날 죽여도! 그냥 떠나도! 넌 평생…."

강해가 웃음을 터트렸다.

류준열은 두 눈을 부릅뜨고 이해가 안 된다는 표정을 지었다.

강해가 미소를 머금은 채 물었다.

"그런데 어째서 저 드론이 작동할 거라 생각하는 거지?"

"뭐?"

류준열은 고개를 들었다. 드론은 여전히 하늘에 떠 있었다.

그는 다시 강해를 노려보며 말했다.

"무슨 헛소리를 하는 거야? 저건 분명…."

강해가 씩 웃었다.

"그래, 떠 있지. 날고 있긴 해. 그뿐이다."

❖

류준열은 이해가 되지 않는다는 듯이 인상을 구기고 있을 뿐이었다.

강해는 미소를 머금은 채 천천히 오른손을 들어 올렸다.

치직, 지지직, 툭.

공중에 떠 있던 드론이 작동을 멈추며 바닥으로 떨어졌다.

드론이 촬영기능과 녹음기능을 상실한 것은 강해가 이곳에 도착한 그 순간부터였다.

스캐터였다.

그는 아주 작은 핏방울들을 사방에 뿌렸다. 그리고 공중에 떠 있는 드론까지 닿았다.

눈에 보이지도 않을 만큼 작은 핏방울들은 드론에 모여들어 그 안쪽으로 스며들어 고장낸 것이다.

지금은 피를 다시 움직여 완전히 망가트린 것이었고.

강해가 이와 같은 부분까지 전부 설명해주지 않았으니, 류준열은 어째서 드론이 고장났는지 이해가 되지 않았다.

'대체 뭐지? 무슨 능력이야? 자기장인가? 놈의 특성은 그런 것과 상관이 없는 거 같은데? 애초에 자기장이라면 내가 느꼈을 거야. 대체 뭐가 어떻게 흘러가는….'

그가 복잡한 머릿속을 정리하려 애를 쓰는 중이었다.

강해가 미소를 지어 보이며 대검을 치켜들었다.

"어쨌든… 네놈은 살려둬선 안 되겠구만."

류준열이 황급히 목소리를 높였다.

"잠깐, 잠깐만! 내 말 좀 들어봐! 이게 다 블랙마켓의 쓰레기들을 잡기 위해 다소 극단적인 방법을 쓰는 것뿐이었잖아!"

강해는 입꼬리를 올리고, 눈썹은 살짝 찡그린 채 무슨 얘기를 하는지 두고 보자는 식으로 지켜보고 있었다.

류준열이 말했다.

"네가 이번 일을 도와주면 보상은 보상대로 다 지급됐을 거고, 협회에 자리를 마련해서 제의할 생각이었단…."

강해가 그의 말허리를 잘랐다.

"네놈의 애완견으로?"

"그건, 그건 그냥 잠시 감정이 격해져서…."

강해는 그 순간에 예리나를 떠올렸다. 정확히는 그녀의 말, 협회의 개는 싫다고 했던 것을.

류준열이 다시 말을 이어나가려 했다.

강해는 고개를 가볍게 저으며 한숨을 내쉰 뒤에 대검을 치켜들었다.

"더 들을 것도 없구만. 그래도 르엇이라고 했던가? 그놈들은 처리해주지. 어차피 날 노리고 있다고 하니…."

류준열은 잘린 양팔을 들어 보이며 다급히 소리쳤다.

"잠깐, 잠깐만! 내 말 좀 들어봐! 너를…."

그가 말을 마치기 전, 강해가 대검의 옆면을 내세워 크게 휘둘렀다.

대검의 그림자가 류준열의 위로 드리웠다.

후웅— 콰자작!

대검의 끝은 바닥에 닿아 있었다. 그 아래 류준열은 피와 살 그리고 뼛조각을 섞어 반죽한 호떡처럼 되어버렸다.

잘려서 바닥에 떨어져 있는 두 팔은 데코레이션이랄까.

강해는 대검을 들어 올린 뒤 허공에 대고 세게 털어냈다.

후드득, 하고 류준열의 피와 살점이 떨어졌다.

강해는 대검을 등에 찬 뒤, 휴대폰을 꺼내들며 걸음을 옮겼다.

'르엇이라고 했지? 블랙마켓이라… 때마침 그쪽에 아는 사람이 생겨서 다행이구만.'

그는 휴대폰으로 시선을 옮겼다.

'이렇게 빨리 다시 연락하게 될 줄이야.'

❖

강남역 인근의 한 레스토랑, 한쪽 구석 창가 자리에 강해와 예리나가 마주앉아 있었다.

강해가 미소를 머금은 채 말했다.

"이렇게 빨리 다시 보게 될 줄은 몰랐네요."

예리나는 뾰로통한 얼굴로 말했다.

"제게 선택권이 있었나요?"

"이번에는 아니지만, 다음부터는 그럴 겁니다. 아마도."

"아마도는 뭐예요?"

"일단 식사하면서 얘기 나눠보죠."

강해는 씩 웃어 보였다.

"아침도 점심도 당신이랑 같이 먹으니 좋네요."

예리나는 입술을 삐죽이면서도 그리 싫은 기색을 보이지도 않았다.

조금은 조용한 식사가 이어졌다. 대화는 주로 강해가 이끌어갔다.

예리나는 적극적이지는 않았지만, 물어보는 것에는 잘 대답했다.

식사를 거의 마쳐갈 즈음이었다.

"그래서… 이렇게 식사만 하자고 부른 건 아닐 거 같은데요?"

예리나가 물었다.

강해는 미소를 머금은 채 고개를 천천히 끄덕거리다 입을 열었다.

"당신은 왜 블랙마켓에 속하는 겁니까?"

예리나는 두 눈을 크게 뜨고 말똥말똥 쳐다보며 아무 대답도 하지 않았다.

강해가 물었다.

"아니면… 왜 그렇게 헌터 협회를 싫어하냐고 물어봐야 되려나?"

"……."

"당장 그에 대한 대답을 해주길 바라는 건 아닙니다. 단지 이걸 말하고 싶어서요."

예리나는 눈을 마주치며 기다렸다.

강해가 말했다.

"전 협회의 개 따위가 아니거든요."

그는 주먹을 꽉 쥐며 씩 웃었다.

"누구의 개도 될 수 없는 사람이고."

예리나는 숨을 깊게 들이마신 뒤 고개를 가볍게 끄덕거렸다.

"예, 무슨 말인지 알 것 같아요."

"그럼 우리 아무 문제없는 거죠? 좀 더 잘 지내볼 수 있겠죠?"

"아마…도요? 당신이 협회 소속만 아니라면 문제될 건 없죠. 애초에 첫 식사는 제가 함께 하자고 했었고…."

예리나는 처음부터 강해에게 호감을 갖고 있었다. 서로의 느낌만으로 통했다.

지금은 강해의 압도적인 힘도 알고 있다. 지금은 그 힘 역시 강해가 지닌 매력 중 하나였다.

강해가 말했다.

"하지만 그전에 분명히 해둘 것이 있어요."

"뭐죠?"

"사실 오늘은 다른 걸 물어보기 위해 만난 거지만… 우선 이것부터 알아야겠네요. 우리가 계속 좋은 관계로 만나보려면 말이죠."

예리나는 강해의 눈빛에서 심상치 않은 분위기를 읽었고, 순간 실수했다는 생각도 들었다.

괜히 이곳에 나온 것일까, 내가 왜 그랬을까.

하지만 그녀는 달리 다른 선택권도 없었다는 점을 다시금 깨닫고 강해의 말을 기다렸다.

강해가 물었다.

"당신이 왜 협회를 싫어하는지, 왜 블랙마켓에 속했는지도 궁금하지만… 그전에, 그곳에서 뭘 하는 건지 알아야겠습니다."

"블랙마켓에서요?"

"그래요. 정확히 무엇을 하는 겁니까?"

강해는 스스로의 기준이 뚜렷한 남자다. 전투광에 도덕적이고, 법을 준수하는 사람은 아니다.

하지만 적어도 인간으로서의 존엄성은 지키고자 항상 애쓰고 있다.

언제나 끓어오르는 분노를 억누르고 있는 것만 해도 그러한 점이 드러나는 부분이다.

그는 법 없이도 살 남자다.

일반적으로 생각하는 의미와는 조금 다르지만.

예리나가 물었다.

"제가 무슨 말을 하든 당신이 어떻게 알죠? 제가 헌터고

일반인이고 가리지 않는 살인광이면서 거짓말을 늘어놓을 수도 있는 거잖아요?"

"그건 걱정하지 않으셔도 됩니다. 그냥 말해보시죠."

강해는 미소를 지어 보였다.

예리나는 이유는 알 수 없지만, 그의 말이 허세가 아님을 알 수 있었다.

그리고 강해는 실제로 그랬다. 모든 걸 다 알아낼 수는 없지만, 적어도 진실인지 아닌지 정도의 여부는 구분할 수 있었다.

예리나에게 심어둔 피 때문이었다.

강해는 블러드 레이더를 사용해 예리나의 피부에 자신의 피를 심어뒀다. 이것으로 그녀를 추적이 가능하다.

강해가 심어둔 핏방울은 그 거리에 따라 그 기능의 정도가 달라진다.

아주 멀면 대략정인 방향을 읽는 정도, 일정 거리 내에서는 정확한 위치를 파악, 더 가까워지면 도청까지도 가능하다.

그리고 지금처럼 코앞에 있는 경우에는 맥박까지 전부 들을 수 있다. 그녀 몸속의 장기들이 활동하는 것까지 전부 알 수 있다.

대부분의 사람들이 거짓말을 할 때 표정과 몸짓, 목소리 톤, 호흡 등을 신경 쓴다.

하지만 심장박동까지 조절할 수는 없다. 거짓말탐지기를

붙이고 있다면 그런 부분까지 신경을 쓸 테지만, 지금과 같은 상황에서는 아니다.

게다가 강해는 거짓말탐지기보다 정확하다.

상대방이 무언가 숨기는 게 있을 때, 진실을 말하지 않을 때, 그 찰나의 순간을 정확히 포착할 수 있다. 단순히 소리만으로 구분하는 것이 아니다. 그 미세한 움직임까지 느낀다.

물론 블러드 레이더도 만능은 아니다.

강해 또한 사람이기에 실수를 할 수도 있는 것이고, 그 미세한 부분까지도 흐트러지지 않는 이들도 있으니까.

또한 블러드 레이더는 불특정다수를 상대로 사용하기에는 부적합하다. 스며들게 하는 순간 그 구분이 까다로워지기 때문이다.

즉, 가장 이상적인 사용방법은 지금처럼 한 번에 한 사람을 대상으로 쓰는 것이다.

과거 더 판타지아에 있을 때도 블러드 레이더로 하나씩 추적해 암살을 하기도 했고, 심문을 할 때 사용해 배신자를 가려내기도 했다.

예리나는 자신이 블러드 레이더에 걸려 있는 상태인 것을 모른다.

강해가 어째서 저렇게까지 확신에 차 있는지도 모른다.

하지만 진실을 말해야 함은 알고 있었다.

그녀는 아직 나이가 어리지만 수많은 실전 경험을 쌓고,

많은 사람들을 대면해본 프로.

모든 면에서 베테랑이었다.

그녀는 적어도 묻는 것에 대해선 진실을 말해야 한다고 생각했다. 그렇게 하고 싶기도 했고.

"탈세에 대해서는 알고 계시겠죠."

예리나가 말했다.

강해는 미소를 머금은 채 고개를 끄덕였다.

"그럼요, 그러니까 블랙마켓이잖아요."

그녀는 자신의 이야기를 늘어놨다. 수많은 블랙마켓 쪽의 인원들과 크게 다를 바가 없었다.

핵심은 그곳에서 주고받는 일이었다.

협회와 클랜은 사냥해야 할 대상을 몬스터와 범죄자로 본다.

하지만 블랙마켓은 몬스터와 범죄자 그리고 이념이 다른 헌터도 포함된다.

블랙마켓에서도 일반인을 건드리는 것은 대부분이 금기시한다.

애초에 건드려서 얻을 것이 별로 없기도 하거니와, 블랙마켓의 존재를 암묵적으로 허용하고 있다지만 일반인을 건드릴 경우 협회에서도 가만히 있을 수 없는 노릇이니까.

강해가 물었다.

"그러니까⋯ 당신은 범죄자 외의 헌터를 건드리기도 한다는 거네요?"

"네, 맞아요. 솔직히 말해서 그러지 않는 헌터가 있긴 할 까요?"

그녀의 말은 틀리지 않았다.

헌터끼리의 싸움은 합의가 된 경우 허용하는 게 대부분 이다.

힘이 전부인 세상이라 할 수도 있다.

예리나가 말했다.

"하지만 생각보다 헌터끼리의 살해가 아주 많다고 할 수 도 없죠. 생각보다는 말이죠."

그렇다. 헌터들은 어느 정도의 수준에만 다다르면 일반 인들은 꿈도 꾸기 힘든 삶을 살 수 있다.

그 만큼 잃을 것이 많다.

그것은 협회 소속이든 클랜이든 프리랜서든 블랙마켓이 든 마찬가지다.

특별히 과격한 이들이 아니면 쓸데없는 싸움을 피하는 것이 보통이다. 몸이 곧 재산이니까.

강해가 물었다.

"그래서… 당신이 위험을 불사하고 굳이 싸우는 이유가 뭐죠? 그것도 범죄자가 아닌 헌터들과 말이죠. 그냥 시원 하게 말해줬으면 좋겠는데요."

그는 생긋 웃어 보이며 말을 이었다.

"빙빙 돌린다고 그 핵심을 안 듣고 넘어갈 건 아니니까 요."

"그 이유에 대한 거까진 얘기하고 싶지 않아요. 하지만 그 대상에 대해서는 말할 수 있죠."

"……"

"예상하고 있으시겠지만, 협회 소속의 헌터들입니다."

강해는 양손 깍지를 끼며 말했다.

"그 이유에 대해서는 말해줘야 될 거 같습니다만…?"

"죽어 마땅할 인간… 아니, 쓰레기들이니까요."

"그게 무슨 말이죠?"

"블랙마켓이라고 전부 썩어빠진 인간들만 있는 게 아닌 것처럼, 협회 소속이라고 반드시 정의로운 건 아니니까요."

강해는 지금까지 마주쳐왔던 협회 소속 헌터들을 떠올렸다.

방금 전에 죽이고 온 류준열이 그의 머릿속을 스쳤고, 이내 이해가 된다는 듯이 고개를 천천히 끄덕거렸다.

"무슨 말인지 알 거 같네요."

예리나는 눈을 똑바로 마주치며 물었다.

"그럼 이제 저를 죽일 생각이 없어졌나요?"

"예?"

강해가 헛웃음을 쳤다.

예리나가 말했다.

"제가 이야기를 할 때마다 살기를 그렇게 뿜어대는데 모를 리가 없잖아요."

강해는 흡족한 듯이 미소를 지었다.

'그걸 읽었어?'

그가 말했다.

"아직 확정된 건 아니지만요."

예리나가 물었다.

"그건 또 무슨 말이죠?"

"당신이 그러는 정확한 이유에 대해서는 아직 못 들었으니까요."

"⋯⋯."

"오해하지는 마요. 지금 당장 듣겠다는 건 아니니까요. 그것 말고도 당신에 대해서 알고 싶은 것들은 많으니까."

강해는 팔짱을 낀 채 의자에 등을 기댔다.

그는 잠시 생각을 정리했다.

어느 집단이나 썩은 부분은 있기 마련이다.

그것을 그대로 내버려두면 전부 곪아터진다.

답은 간단했다.

'썩은 곳들을 모조리 도려내면 된다.'

강해는 싸움을 즐긴다.

그런 그에게 죄책감을 가질 이유가 없는 것들과 벌이는 전투는 최고의 유흥이다.

보다 나은 세상을 만드는 동시에 개인의 욕구까지 충족

시킬 수 있으니 이보다 좋을 수 없었다.

그는 언제나 자신의 기준을 지킨다.

인내와 고뇌의 끝에 맺은 열매는 더욱 달콤한 법이다.

강해에게 인내와 고뇌는 죽일 대상을 정하는 것이고, 열매는 죽여야 될 놈을 죽일 때이다.

덕분에 그는 더 판타지아를 더 살기 좋은 곳으로 만들기도 했다.

비록 모든 것이 스스로의 즐거움을 위해 했던 일이었지만.

강해가 미소를 머금은 채 말했다.

"저도 블랙마켓에서 활동을 좀 해야 될 거 같은데 말이죠."

"네?"

"아아, 오해하지는 마요. 완전히 그쪽에 속하겠다는 뜻이 아니니까."

"그럼…."

"당분간 같이 다녀야 될 거 같네요."

"네?"

예리나는 자신도 모르게 목소리를 높이고는 손으로 입을 가렸다.

그녀는 다시 목소리를 낮추고 물었다.

"대체 무슨 소리를 하는 거죠?"

"안 그래도 블랙마켓 쪽에 볼일이 있거든요. 뭐, 정확히는 그쪽에서 내게 볼일이 있기도 하지만…."

예리나가 미간을 살짝 찡그린 채 고개를 살짝 저었다.

"무슨 말인지 잘⋯."

"아무튼 제 목적은 단순합니다. 여기저기 썩은 부분들을 좀 도려내고 싶거든요. 그 과정이 꽤 재미있을 거 같기도 하고⋯."

예리나는 여전히 이해가 안 된다는 표정을 하고 있었다.

강해가 말했다.

"아무튼 당신은 저하고 함께 좀 다녀줘야겠습니다. 리나 씨가 블랙마켓에 대해서 잘 알고 있기도 할 테고 말이죠."

"그건 그렇지만⋯."

"당신에게 선택권이 없는 정도는 알고 있죠?"

예리나는 떫은 미소를 지었다.

강해는 부드러운 미소를 지어 보였다.

"같이 다니면서 당신의 이야기도 차차 알아갔으면 좋겠네요."

"그걸 알게 되면요?"

"그것보다도 좀 더 알아가고 싶을 수 있겠죠. 아니면⋯ 제가 항상 해왔던 것처럼 할 겁니다."

강해가 얼굴에서 웃음기를 빼고 말을 이었다.

"사람은 체포하고, 개는 처리합니다."

"⋯⋯."

"걱정하지 마세요. 당신이 후자에 속할 가능성은 매우

낮은 거 같으니까요."

예리나가 물었다.

"그런가요?"

강해는 미소를 머금은 채 고개를 끄덕였다.

"그럼요."

그는 창밖을 힐끗 보고는 중얼거리듯 말했다.

"그나저나… 이 세상은 아직도 제가 알아야 될 것들이 많은 거 같네요."

"네?"

강해는 피식 웃어 보였다.

"아무것도 아닙니다. 제가 블랙마켓에 대한 정보가 많이 없어서요. 리나 씨에 대해서도 그렇고."

"……."

잠시 적막이 흘렀다.

다시 말문을 연 것은 예리나였다.

"그래서 지금부터 뭘 어떻게 하려는 생각인 거죠? 도통 이해가…."

"르엇이라고 압니까?"

"르엇이요?"

강해가 고개를 가볍게 끄덕거렸다.

"예, 블랙마켓 쪽에서 활동하는 클랜이라고 들었는데. 태국인으로만 이뤄지고. 알아요?"

"알긴 하지만… 왜 그러시죠?"

"아까 블랙마켓 쪽이랑 볼일이 있다고 했잖아요? 그게 르엇이거든요."

예리나는 표정을 굳히고 물었다.

"르엇이랑요? 대체 무슨 일로요? 협회와 관련이 없다더니 설마 르엇이랑 얽혀 있는 건가요?"

"예, 얽혀 있죠. 당신이 생각하는 방식 말고요. 안 좋은 쪽으로 말이죠."

"르엇을 적으로 두고 있다는 말이죠?"

"예, 그렇습니다. 당신의 반응을 보아하니 정말 나쁜 놈들인가 보네요."

"그렇죠. 아주 악질들이에요."

강해가 피식 웃으며 말했다.

"같은 블랙마켓인데 꽤나 싫어하네요?"

"아동성폭행범하고 같은 곳에서 일하면 전부 똑같은 사람일까요? 같은 취급하지 말아줬으면 좋겠어요. 적어도 제가 처리하는 이들은 전부 그럴만한 인간들이니까요."

예리나는 확신이 깃든 두 눈으로 강해를 똑바로 쳐다봤다.

강해는 미세하게 입꼬리를 올리고는 물었다.

"아무튼 그놈들 어디 있는지 압니까?"

"알긴 하지만…."

"왜요?"

"지금 분위기로 봐서는… 르엇하고 맞붙겠다는 거 같은데,

맞나요?"

강해는 자신도 모르게 어린아이처럼 씩 웃었다.

"그렇죠."

"당신 어디 클랜 소속이죠?"

"클랜이요? 웬 클랜?"

"협회 소속이 아니니까요. 클랜을 이끌고 놈들을 잡으려는 거 아니에요?"

"아닙니다만."

예리나가 미간을 찡그린 채 물었다.

"그럼 프리랜서? 함께 일하는 사람들이 따로 있는 거예요? 아니면 친구들?"

"혼자입니다."

"그건 미친 짓이에요."

"왜 그렇게 생각하십니까?"

"르엇은 우습게 볼 곳이 아니에요. 특히 그쪽의 클랜장과 부클랜장 그리고 암살을 전문으로 하는 헌터가 하나 있는데…."

예리나는 말을 하다 멈추고 말았다. 강해 때문이었다. 그는 신이 난 듯 미소를 짓고 있었다.

그녀가 물었다.

"뭐가 웃긴 거예요?"

"아, 저도 모르게… 아무튼 세 명을 조심해야 된다 이거죠?"

"네…."

"그나저나 왜 미친 짓이라고 한 거죠?"

"놈들은 강하니까요. 셋 전부 10성급의 힘을 가지고 있어요. 블랙마켓에서 끌어 모은 돈으로 엄청난 장비들로…."

강해가 코웃음을 쳤다.

"결국 장비빨이라는 거 아닙니까? 장비는 오직 도구에 불과합니다. 어떤 장비를 사용하느냐보다 어떤 사람이 쓰느냐가 중요한 법이죠."

"그 정도는 저도 알아요. 르엇은 그리 우습게 볼 상대들이 아니라니까요. 적어도 르엇의 클랜장만큼은 그가 가진 힘 그 자체로 10성급이에요."

"10성이라고 다 같은 10성이 아니잖습니까? 그 격차가 하늘과 땅이라고 들었는데?"

"틀린 말은 아니에요. 그래서 수많은 헌터들이 요즘 활동을 쉬고 있기도 하죠."

"어째서요?"

"상대가 없으니까요. 협회, 클랜, 프리랜서 심지어 블랙마켓 쪽까지 가진 힘을 퍼부을 곳이 없는 거죠. 아무런 목적 없이 계속해서 싸움만 할 수는 없는 거고요."

그녀는 미간을 찡그린 채 말을 이었다.

"그래서 르엇의 3인방처럼 9성을 겨우 벗어난 10성급들이 활개를 치는 거고요. 하지만…."

"하지만… 뭐요?"

"아무것도 아니에요."

강해는 창밖으로 시선을 옮기며 가벼운 한숨을 내쉬었다.

"그나저나 이해가 안 되네. 어째서 싸움을 멈추는 거지? 강함을 추구하는 것은 기본인데… 곤란하네, 곤란해."

"뭐가 곤란하다는 거죠?"

강해는 씩 웃어 보였다.

"아무것도 아닙니다."

그는 예리나가 질문에 명쾌하게 대답하지 않은 것을 그대로 갚아줬다.

예리나는 눈을 가볍게 흘겼다.

"아무튼 그렇게 르엇과 맞붙는 건 안 좋다고 생각해요."

"왜요?"

그녀는 답답하다는 듯이 목소리를 높였다.

"위험하니까요."

"그래요? 제가요?"

에리나는 강해에게 완벽한 패배를 맛봤던 것을 떠올렸다.

"당신이 강한 건 알아요. 하지만 혼자서 클랜 하나를 상대하겠다는 건 무리에요. 10성급을 셋이나 상대해야 된다고요. 그 외 다른 클랜원들까지 합하면 수십 명을요."

강해가 능글맞게 미소를 지었다.

"지금 저 걱정하는 건가요?"

"네? 아니…."

"그냥 해본 소리입니다. 아무튼 염려해주니 고맙네요."

"……."

"마지막으로 하나만 더 묻죠."

예리나는 고개를 가볍게 끄덕였다.

강해가 물었다.

"당신은 등급이 어느 정도 되죠?"

"9성이라고 하기도 애매하고, 10성이라고 하기도 애매한 정도겠네요. 지금은 말이죠."

강해는 자리에서 일어났다.

"이만 일어나죠. 생각보다 얘기가 길어졌네요."

❖

"일단 안내는 할 수 있지만…."

예리나가 곤란하다는 듯이 말했다.

강해는 그녀와 레스토랑을 빠져나오자마자 르엣이 있는 곳으로 안내를 원했다.

전 세계에 헌터 협회의 여러 지점들이 있고, 클랜들이 있듯이 블랙마켓 역시 그랬다.

블랙마켓은 다양한 형태로 존재했다.

한 건물에 여러 헌터들이 있기도 했고, 지하에 커다랗게 마련돼 있기도 했으며, 정해진 날에만 특정 장소에서 모여들기도 했다.

심지어 작은 부락과 같은 형태를 이룬 경우도 있었다.

르엇이 있는 곳은 경기도 화성 외곽에 있는 공장 부지였다.

강해와 예리나가 그곳에 다다랐을 때는 오후 다섯 시가 조금 넘어 있었다.

예리나가 물었다.

"진짜 들어갈 건가요?"

"당연하죠. 여기까지 와서 그냥 돌아갈 리가 없잖습니까?"

그녀는 눈을 가늘게 뜨고 말했다.

"전에 다른 블랙마켓에 들어가본 적은 있는 거 맞죠?"

"아니요, 이번이 처음입니다만? 왜요? 뭐 문제될 거 있나요?"

"당연하죠. 당연히 문제가 되죠."

"뭐가요?"

"블랙마켓에 들어서는 순간부터 그쪽에 속한 헌터로 본다고요."

강해가 미간을 찡그리며 물었다.

"예? 어째서요? 그럼 범죄자들을 잡을 때는 어떻게 합니까?"

"블랙마켓에 속하지 않으면서 드나드는 건 협회 소속 헌터밖에 없어요. 잡을 때는 당연히 블랙마켓에서 벗어나 있을 때를 노리는 거고요."

예리나는 눈썹을 찡그리고 물었다.

"아니, 당신 진짜 정체가 뭐예요? 전부 기본적인 것들인데 아는 게 하나도 없잖아요."

"모를 수도 있죠. 설명이나 계속 해봐요."

그녀는 아니꼽다는 듯이 미간을 살짝 찡그리다가도 설명을 늘어놨다.

헌터 협회와 블랙마켓은 전면전을 피해야 한다. 현재 서로가 원하고 있는 바이기도 했다.

이에 절대 일반인을 건드리지 않는 것 외에도 불문율이 있었다.

서로의 영역을 침범하지 않는 것이다.

때문에 그 영역을 침범했을 때의 반작용은 유난히 더 컸다.

간단히 말해 협회 소속이 혼자 블랙마켓의 영역에 들어서거나, 혹은 그 반대의 경우 자살행위나 다름없었다.

강해의 경우 협회와 연관이 없는 프리랜서이니, 블랙마켓의 영역에 들어선다면 자연히 협회에게서 등을 돌리는 셈이 됐다.

예리나가 말했다.

"던전과 몬스터 그리고 헌터들이 생긴 이후로 지금이 가장 평화로운 시기일 거예요. 과도기가 지나고 안정기에 접어든 거죠."

"그렇습니까?"

"네, 근 4년 동안 헌터들끼리 큰 싸움은 없었으니까요. 덕분에 아까 말씀드렸던 10성의 경지를 한참 뛰어넘은 이들은 그저 호의호식하면서 조용히 지내는 중이고요."

그녀는 작게 중얼거렸다.

"이게 언제까지 유지될 것인지는 확신할 수 없고, 무언가 있을 거라 확신하지만요…."

강해는 그녀의 말을 분명히 들었지만, 딱히 반응을 보이지는 않았다.

예리나 역시 푸념에 가깝게 늘어놓은 말이었고.

강해가 물었다.

"아무튼… 그래서 제가 지금 이곳에 들어가면 블랙마켓에 속한 걸로 본다는 거죠?"

"그래요."

"그건 어떻게 압니까?"

강해는 주위를 둘러본 뒤 말을 이었다.

"이쪽에는 드론도 없는 거 같은데."

"당연하죠. 협회에서 뿌린 드론들은 블랙마켓에 속한 헌터들이 다 부쉈을 테니까요. 지금 이 순간만을 놓고 말하는 게 아니에요."

그녀는 검지를 세운 채 잔소리를 하듯 말했다.

"블랙마켓에 들어선다는 것 자체가 언제 무슨 일이 일어날지 모른다는, 그런 각오를 짊어져야 된다는 거예요."

"그래요? 그거 곤란하네. 나는 앞으로 양쪽에 다 볼일이
많을 거 같은데."

"네?"

예리나는 미간을 찡그렸다.

강해는 아랑곳 않고 걸음을 옮겼다.

"아무튼 들어가죠."

"제 말 제대로 들은 거 맞아요?"

"이해했습니다. 들어가죠."

경기도 화성 외곽에 위치한 블랙마켓의 영역.

오래된 공장 건물들이 늘어져 있는데, 그 앞으로 노점상
처럼 많은 헌터들이 줄지어 있었다.

전부 블랙마켓에 속한 헌터들이었다.

흔한 풍경이었다. 암시장이라기엔 너무도 당당하고 활발
하게 거래가 이뤄지고 있었다.

건물 안쪽을 개조해 작은 술집이나 카페, 음식점 모양새
를 이룬 곳도 있었다.

이러한 곳들은 전부 구인구직을 위한 장소였다. 당당하
게 맡길 수 없는 일들을 맡기거나 맡고 싶은 사람들이 모이
는 그런 곳.

강해는 미소를 머금은 채 주위를 둘러봤다.

"생각 이상이네."

그는 예리나를 보며 물었다.

"르엇은 어디 있죠?"

그녀는 전방을 가리키며 대답했다.

"아마 이쪽으로 쭉 가면…."

강해는 그녀가 가리킨 곳으로 몸을 돌렸다. 그는 예리나
가 말을 마치기도 전, 크게 소리쳤다.

"여기 티라퐁 친구들 있나—? 르엇이라는 클랜이 나를
찾는다고 해서 왔다—!"

❖

뒤통수를 톡 치면 빠질 것처럼 예리나의 두 눈이 휘둥그
레졌다.

"뭐 하는 거예요? 미쳤어요?"

그녀는 양손으로 강해의 팔을 잡아당겼다.

모두의 시선이 두 사람에게 쏠려있었다.

"빨리 여기서 나가요. 빨리…."

강해는 아랑곳 않고 다시 목소리를 높였다.

"어이—! 다 죽었냐? 르엇은 어디 있나? 네놈들 친구 티
라퐁을 죽인 내가 여기 있다!"

주위 사람들은 수군거리며 강해를 미친 놈 쳐다보듯 보
고 있었다.

예리나는 고개를 숙인 채 강해에게 바짝 붙어 목소리에 힘주어 말했다.

"미쳤어요? 무슨 짓을 하는 거예요? 빨리 나가요. 금방 전부 몰려올 거예요."

그녀는 여전히 고개를 푹 숙인 채 강해의 팔을 잡고 이끌었다.

하지만 강해는 움직이지 않았다. 그는 미소를 머금은 채 전방을 바라보고 있었다.

"저기 오는구만."

예리나는 고개를 살짝 돌렸다. 유난히 피부가 까무잡잡한 남자들 여럿이 걸어오고 있었다.

전부 르엇 클랜의 남자들이었다.

강해는 기대된다는 듯한 미소를 지었다.

예리나가 목소리를 낮추고 말했다.

"아직 안 늦었어요. 돌아가요."

강해가 웃음기 머금은 목소리로 말했다.

"그러기에는 이미 늦은 거 같은데?"

뒤쪽으로도 르엇 소속이 분명한 남자들이 몰려오고 있었다.

강해는 예리나를 옆으로 밀쳤다.

"빠져 있어."

그녀는 인상을 찡그린 채 천천히 다른 사람들 틈에 섞였다.

강해는 금세 열 명이 넘는 남자들에게 둘러싸였다. 그들은 하나같이 피부가 검었고, 체구가 왜소했다.

강해는 그들을 쭉 둘러보고는 미간을 찡그린 채 입맛을 다셨다.

"그다지 쓸만한 놈들은 없는 거 같은데…."

몇몇은 강해를 보며 태국어로 수군거렸다.

그들 중 하나가 강해의 정면으로 마주섰다.

[파차라 찌라티왓]
특성 : 신체강화
잠재력 : 522

파차라가 어눌하지만 화가 난 목소리로 물었다.

"네놈이 티라퐁을 죽였다고?"

강해가 고개를 가볍게 끄덕거렸다.

"그렇다."

르엇 클랜원들은 혼란스러워했다.

그들은 뒤를 봐주던 슬로터 클랜이 무너지고, 그곳을 담당하던 티라퐁이 죽은 후, 그 일을 벌인 인물을 찾고 있었다.

헌터 협회의 짓은 아닌 것을 확신했고, 어떤 클랜인지, 어떤 놈들인지 찾고 있었다.

그런데 자신들이 있는 곳에 찾아와 자신이 한 일이라고 하니 오히려 미심쩍었다.

파차라는 다른 이들과 얘기를 나누다가 강해를 보며 말했다.

"여기서 잠깐 기다려라."

강해는 인상을 찡그리며 가만히 서 있었다.

파차라는 몸을 돌려 지나온 길을 황급히 되돌아갔다.

강해는 인상을 찡그린 채 뒷머리를 긁적였다.

얼마 지나지 않아서였다.

파차라가 한 남자와 함께 돌아왔다. 그는 르엇의 부클랜장이었다.

키는 170cm이 조금 넘는 듯했고, 흑인에 가까울 정도로 시커멨으며, 체구 자체는 크지 않았지만 다부졌다.

[부아카오 포 프라묵]

특성 : 무에타이

잠재력 : 700

부아카오는 성큼성큼 강해에게로 다가왔다. 그의 두 눈에는 두려움이 없었다.

그는 인상을 구긴 채 강해를 올려다보고는 다른 클랜원들을 향해 태국어로 소리쳤다.

강해는 그 말을 알아듣지 못했다.

그 의미는 '티라퐁을 죽인 놈이 맞다. 왼쪽 눈의 흉터를 보면 알 수 있어! 죽여!' 였다.

강해는 말을 알아듣지는 못했지만, 일순 뒤바뀐 분위기를 읽었다.

　바로 앞에 있던 부아카오가 가장 먼저 움직였다. 그는 붉은빛 마나를 뿜어내며 오른발로 강해의 안면을 노렸다.

　'광마의 사지.'

　쩍!

　강해는 왼팔을 들어 막아냈는데, 그 묵직함에 두 눈이 커졌다.

　'이것 봐라?'

　그의 입가에 미소가 번졌다.

　부아카오는 강해의 미소를 보고는 입술을 꽉 깨물며 오른쪽 주먹을 치켜들었다.

　'드래곤 스트레이트.'

　그의 오른쪽 주먹에 입을 쩍 벌린 붉은 용의 형상이 드리웠다.

　강해는 황급히 양팔을 붙여 방어했다.

　콰앙—! 치이이이이익.

　강해는 뒤로 크게 밀려나면서도 미소를 지었다.

　'생각보다 센데?'

　그는 동시에 아쉬움을 느꼈다. 부아카오는 위력적인 공격을 펼칠 수 있지만, 그의 전투력 자체는 류준열과 비슷한 수준.

　두 번의 공격을 막아낸 강해의 정신력과 주문력이 1밖에 오르지 않은 점이 그것을 분명히 하고 있었다.

강해는 대검을 빼들며 반격을 개시하려 했다.

그때 사방에서 르엇의 클랜원들이 달려들었다.

'이런 놈들하고 길게 끌 필요는 없지.'

쾅!

강해가 대검을 땅에 내던지듯 바닥에 꽂았다.

'광마의 오른팔.'

그는 마나를 전부 오른팔에 몰았다.

'광마의 손아귀.'

그의 오른팔은 검은 마나에 휘감겨 거대하게 변했다. 사람 두세 명 정도는 한 번에 움켜쥘 정도로 커다랬다.

사방에서 르엇의 클랜원들이 날아들었다.

콰콰콰콰콰콰콰쾅!

강해가 오른손을 크게 휘둘렀고, 달려들던 이들이 단번에 날아가 바닥을 굴렀다.

그들은 모두 어디 한 군데가 부러지며 전투를 이어가기 힘든 부상을 입었다.

단 한 번의 공격으로 열 명 이상을 전투불능으로 만든 것이다.

강해와 르엇 클랜원들의 격차가 그 만큼 크기도 했지만, 방심한 탓도 있었다.

수적 우세와 강해에게서 느껴지는 마나가 강력하지 않기 때문이었다.

부아카오는 인상을 구긴 채 태국어로 소리쳐 모두 물러나게 했다. 그리고 '남삭노이'를 불러오고, 클랜장님에게 지금 이 상황을 전하라고 말하자 클랜원들이 부리나케 뛰어갔다.

강해는 다시 양팔과 두 다리로 마나를 고루 배분하며 바닥에 꽂아뒀던 대검을 뽑아들었다.

"이러면 기대 이하인데…."

부아카오는 양쪽 주머니에서 붉은색 팔찌 같은 것을 꺼내고는, 양팔의 상완에 휘감았다. 그러고는 강해를 노려보며 자세를 취했다.

강해는 바닥을 박차고 튀어나가 대검을 치켜들었다.

그때 옆에서 처음 강해와 마주했던 남자 파차라가 공격해왔다.

'신체강화, 강철의 오른발.'

떵!

강해는 뛰는 것을 멈추고, 대검을 내려 옆면으로 방어했다.

파차라는 대검 옆면을 걷어찬 채 인상을 구겼고, 오른발을 내려 축으로 삼으며 뒤로 돌았다.

'강철의 왼발.'

턱.

파차라가 뒤돌려차기를 했는데, 강해는 귀찮은 표정으로 왼손을 뻗어 발목을 낚아챘다.

그때 부아카오가 정면에서 돌진해왔다.

'드래곤 플라잉 니킥.'

그는 달려오다가 오른쪽 무릎을 내세웠다.

강해는 씩 웃으며 발목을 잡고 있는 파차라를 부아카오의 무릎을 노리고 휘둘렀다.

후웅―!

붉은 용이 부아카오의 전신을 휘감았다. 그는 그대로 붕 떠올라 강해가 발목을 잡고 휘두른 파차라를 피했다.

부아카오는 여전히 무릎을 내세운 채 강해의 안면을 노렸다.

강해는 손목의 스냅을 이용해 튕기듯 파차라의 발목을 손에서 놓았다.

파차라는 그대로 허공에서 몸이 빙그르 돌았는데, 강해가 그의 복부를 오른발로 올려찼다.

터엉! 쾅! 쿠웅!

위로 튕겨 오른 파차라가 부아카오의 무릎에 등을 맞았다.

파차라는 그대로 다시 바닥에 처박혀서는 움직이지 못했다.

아직 부아카오가 공중에 떠 있는 상태, 강해는 오른손에 쥐고 있던 대검을 사선으로 올려쳤다.

'참격.'

쩌엉!

부아카오는 인상을 잔뜩 구긴 채 양손으로 검날을 막아냈다.

[투혼의 아대]
특성 : 신체강화
민첩성 : +28 체력 : +31

강해가 입가에 미소를 머금었다.

'이것 봐라.'

부아카오는 손으로 검날을 밀어내 몸을 살짝 띄운 뒤 오른쪽 팔꿈치를 들어 올렸다.

'드래곤의 이빨.'

그는 팔꿈치로 강해의 머리를 노리고 내리찍었다.

터엉! 쿠쿵!

강해는 왼쪽 손바닥으로 막아냈는데, 양쪽 발바닥 아래가 움푹 꺼졌다.

'제법 위력적이긴 하다만….'

부아카오와의 전투로 얻을 수 있는 정신력과 주문력은 한계가 있었다.

'생각보다 재미없네.'

그가 처음에 느꼈던 생각보다 강한 공격력, 그게 전부였다.

부아카오는 바닥에 착지하자마자 오른쪽 미들킥을 준비했다.

강해는 지루하다는 표정으로 대검을 옆으로 들었다가 옆면을 내세워 휘둘렀다.

후웅— 터어어어어엉! 콰앙—!

대검의 옆면으로 얻어맞은 부아카오가 멀리 날아가 벽에 처박혔다.

강해는 벽에 처박힌 그를 보곤 한심하다는 듯이 말했다.

"손발을 쓰면서 이렇게 큰 검보다 느려서 어쩌겠다는 거야?"

그때 강해는 옆에서 무언가 날아오는 것이 느끼고는 대검을 거꾸로 들며 옆면으로 방어했다.

쩡! 콰콰콰콰콰콰!

강해는 대검으로 완벽하게 방어했지만, 뒤로 몸이 밀려났다.

'이건 또 뭐야?'

모습을 드러낸 것은 르엇 클랜에서 암살을 주로 담당하는 남자였다.

[남삭노이]

특성 : 박투

잠재력 : 878

그는 두 주먹에 잿빛 너클을 끼고 있었다.

[가고일 너클]

특성 : 파동

근력 : +12 민첩성 : +41 주문력 : +21

남삭노이는 주변에 쓰러져 있는 클랜원들과 벽에 처박힌 부아카오를 본 뒤, 다시 강해에게로 시선을 옮겼다.

강해는 방금 전 공격의 위력 그리고 남삭노이의 특성과 잠재력을 느끼고는 미소를 지었다.

쾅!

그는 대검을 다시 바닥에 꽂은 뒤 미소를 지으며 말했다.

"박투, 좋지—."

남삭노이의 뒤로는 또 다른 남자가 천천히 걸어오고 있었다. 그가 르엇 클랜장이었다.

그 역시 태국인이지만, 다른 르엇 클랜원들과는 다르게 흰 피부에 말끔한 인상이었다.

[나뎃 쿠끼니야]

특성 : 코끼리

잠재력 : 945

강해는 자신도 모르게 피식 웃었다.

'코끼리? 저건 또 뭐야?'

나뎃이 물었다.

"혼자 처리할 수 있겠어?"

남삭노이가 고개를 끄덕이며 대답했다.

"물론이지."

그는 곧바로 강해를 향해 고개를 돌리고는 마나를 끌어올렸다.

"편하게 죽지는 못할 거다."

남삭노이의 말에 강해는 콧방귀를 뀌었다.

"두고 보자고."

그는 뒤쪽에 서 있는 나뎃과 눈을 마주쳤다.

"어이, 너도 같이 덤비는 게 좋을 텐데."

무시를 당한 남삭노이가 인상을 구겼다.

그는 뭐라 더 말을 하지는 않았다. 직접 맞부딪쳐서 주먹으로 말한다, 그것이 그의 방식이었다.

팡!

남삭노이가 바닥을 박차고 강해에게로 돌진해왔다. 그는 다가서자마자 오른쪽 미들킥을 날렸다.

터엉!

강해는 왼쪽 다리를 들고 막아내며 미소를 지어 보였다.

그는 검은 마나를 휘감은 오른쪽 주먹으로 스트레이트를 날렸다.

팡!

남삭노이는 왼쪽 어깨로 주먹을 받아내는 동시에 오른쪽 주먹으로 복부를 노렸다.

쩍!

강해는 왼쪽 손바닥으로 남삭노이의 주먹을 받아냈다. 그러고는 손을 움켜쥐어 으스러트릴 듯이 힘을 줬다.

그때였다.

파아앙—!

강해의 손에 잡혀 있던 남삭노이의 주먹에서 파동이 뿜어져 나왔다.

강해는 뒤로 쭉 밀려나서는 자신의 오른쪽 주먹을 힐끗 쳐다봤다.

남삭노이의 기술이 아닌, 그가 착용한 너클의 특성이었다.

강해는 입가에 미소를 머금고 그와 눈을 마주쳤다. 나쁘지 않았다. 짧은 공방으로 정신력과 주문력이 각각 13, 15씩 올랐으니까.

남삭노이는 두 눈을 부릅뜨고 푸른 마나를 활활 태우듯 뿜어냈다.

강해는 미소를 머금은 채 검은 마나를 휘감았다. 그의 두 팔과 두 다리만을 휘감고 있던 마나는 소량이 몸으로도 번지고 있었다.

'조금만 더.'

❖

남삭노이는 강해의 정신력과 주문력이 낮다고 하여 방심하거나 하지 않았다.

그 역시 10성에 달하는 힘을 가진 헌터이지만, 정신력과 주문력은 6성급 정도에 지나지 않았다.

대신 근력, 민첩성, 체력이 뛰어났다.

터터터터텅!

그는 거침없이 두 주먹을 빠르게 내질렀다.

강해는 모조리 손바닥으로 받아냈는데, 입가에는 여전히 미소가 번져있었다.

남삭노이가 이를 악물고 오른쪽 미들킥을 날렸고, 강해는 왼팔을 몸에 붙여 방어했다.

터엉—!

강해는 아까와는 달리 밀려나지 않은 채 완벽하게 방어했다.

그는 지금 이 순간도 자제하고 있었다. 끓어오르는 피와 분노의 힘을 억누르고, 오직 마나만을 사용해 전투를 하고 있었다.

그에게 있어서 육식동물이 고기를 먹지 않고 채식을 하는 것과 같으니, 엄청난 절제력과 자제력을 발휘하고 있는 것이나 다름없었다.

남삭노이는 자신의 공격이 막힌 것에 대해 아랑곳하지 않았다.

터엉! 터엉! 터엉! 터어엉—!

방어하는 강해의 왼팔과 자신의 오른쪽 다리 중 무엇이 먼저 부러지는지 시합을 하듯 계속해서 미들킥을 날렸다.

강해가 두 눈을 크게 뜨고 소리쳤다.

"마음에 드는구만!"

두 사람 전부 기술을 쓰지 않고 있었다.

순수한 박투를 벌였다.

강해가 오른쪽 주먹을 크게 휘둘렀고, 남삭노이는 이마로 받아냈다.

따악!

남삭노이의 두 콧구멍에서 피가 흘러나왔다. 피는 순식간에 입속까지 들어갔다.

그는 피 맛을 느끼며 입을 꾹 다물고, 이마로 주먹을 받아낸 채 오른쪽 무릎을 차올렸다.

터엉!

강해는 자신의 복부로 날아드는 무릎을 왼쪽 손바닥으로 막아냈다.

모든 공격을 하는 족족 막히니 남삭노이는 답답하고, 더욱 조바심이 났다.

"으어어어어—!"

파앙! 파앙! 터터터터터팅! 터어엉—!

그는 미친 듯이 두 주먹을 휘두르고, 발을 차올렸지만 여전히 강해의 방어를 뚫을 수 없었다.

강해는 전투를 할 때 결코 방어를 많이 하는 타입이 아니다.

그는 공격을 한 번 더 하고, 상대방이 방어를 하게끔 만든다.

만약 먼저 공격하지 못한다면, 살을 내주고 뼈를 취한다.

그런 그가 모든 공격을 하나하나 막아내고 있었다. 피와 분노의 힘을 사용하지 않고 있지만, 남삭노이의 공격으로 그가 큰 부상을 입을 리는 없다.

이 역시 정신력과 주문력 때문이었다.

강해는 정신력과 주문력이 꾸준히 상승하고 있는 것을 확인하며 미소를 지었다.

'조금만 더.'

두 사람은 서로 기술을 쓰지 않고 있었다.

남삭노이 때문이었다. 그는 어떠한 기술도 없었다. 순수하게 단련한 육체 그리고 양손에 낀 가고일 너클이 그가 가진 전부였다.

강해는 그러한 부분을 눈치 채고는 순수하게 박투로 상대해주고 있었다.

터터터터텅!

남삭노이가 두 주먹을 빠르게 날렸지만 강해는 왼쪽 손바닥과 오른쪽 어깨로 전부 막아냈다.

강해의 정신력과 주문력이 오르는 속도가 더뎌디기 시작했다.

'끝낼 때가 됐구만.'

강해가 오른손을 뻗어 남삭노이의 멱살을 휘어잡았다.

남삭노이는 두 주먹을 치켜들었고, 강해와 두 눈을 똑바로 마주쳤다.

쩌어어엉—! 파파파파파파팡!

그가 두 주먹을 맞부딪쳤고, 너클에서 강력한 파동이 일어나 사방으로 번졌다.

하지만 강해는 여전히 남삭노이의 멱살을 잡은 채 그 자리에 서 있었다.

남삭노이는 믿을 수 없다는 눈으로 강해를 쳐다보고 있었다.

검은 마나의 일부분이 강해의 이마로 옮겨졌다. 그는 두 눈을 번뜩이며 고개를 뒤로 뺐다.

콰아아아아아앙—!

강해가 오른발을 바닥에 디디며 남삭노이에게 박치기를 했다.

남삭노이는 박치기를 당하는 순간 두 눈이 뒤집혔고, 그대로 엎드린 모양으로 바닥에 처박혔다.

그의 두 눈은 흰자위를 드러냈고, 입에는 거품을 물었지만 아직 숨이 붙어있었다.

강해는 남삭노이를 내려다보곤 미소를 지었다.

'튼튼하구만.'

그는 르엇의 클랜장 나뎃에게로 시선을 옮겼다.

강해는 성큼성큼 걸음을 옮기며 오른손을 뒷목에 가져다 댄 채 고개를 좌우로 까딱거렸다.

"이제 네놈 차례다."

강해는 전투 내내 미소를 머금고 있었다. 눈을 부릅뜨며 공격을 할 때조차 입가에는 미소가 드리웠다.

예리나는 물론, 지켜보고 있는 이들 모두 강해의 정체에 대해 궁금해 했다.

나뎃은 매서운 얼굴로 강해를 노려봤다. 그에게 긴장감은 없었다.

자신감이었다. 르엇을 이끄는 클랜장으로서 가장 강했다.

강해는 그가 곧바로 달려들지 않자 인상을 찡그리고 물었다.

"부하들이 전부 당할 때까지 지켜만 보고 있는 건가? 리더로서 자질이 없구만."

"네놈이 수고를 덜어준 거다."

"뭐?"

나뎃은 다른 클랜원들과 외모도 유난히 달랐고, 완벽한 한국어를 구사했다.

그는 르엇을 털어낼 계획이었다. 그가 만든 클랜이었고, 같은 국가의 사람들이었다. 하지만 자신은 다르다고 생각했다.

나뎃은 자신의 부하들을 미개하다고 생각했고, 애초에 티라퐁의 복수 따위에는 관심이 없었다.

블랙마켓에서 새로운 세력을 이룰 계획이었다.

강해는 미간을 찡그리고 말했다.

"쓰레기 중의 쓰레기구만."

나뎃은 조롱하는 듯한 미소로 대답을 대신했다.

그의 자신감은 스스로의 강함에 기인한 것도 있지만,

다른 이유도 있었다.

그는 이미 르엇이 아닌 다른 세력을 구축하고 있었다.

피를 의미하는 블러드 그리고 코끼리를 의미하는 엘리펀트의 합성어, '블리펀트'.

그것이 나넷의 새로운 클랜이었다.

애초에 '르엇'은 태국어로 '피'를 의미한다.

나넷은 자신의 능력을 더해 새로운 클랜원들과 새로운 시작을 하는 것이었다.

나넷이 말했다.

"블리펀트의 출범은 네놈의 피로 시작한다."

강해 입장에서는 헛웃음이 나올 지경이었다.

피.

강해가 가진 힘의 원천 중 하나.

나넷이 그것을 논하고 있었다.

"웃기지도 않아서 원…."

쾅!

강해는 대검을 휘둘러 바닥을 한 번 내려쳤다.

"혓바닥이 길다. 이제…."

그가 말을 마치기 전이었다.

"움직이지 마!"

강해가 옆으로 시선을 돌렸다.

한 남자가 뒤에서 왼팔로 예리나의 목을 감고, 오른손에 쥔 사각 식도를 들이밀고 있었다.

[우민호]

특성 : 도살

잠재력 : 741

우민호는 미소를 머금은 얼굴로 소리쳤다.

"움직이면 이년은 죽는다!"

강해는 떫은 표정으로 가만히 쳐다보고 있었다.

예리나 역시 인상을 잔뜩 찡그렸다.

주위에 물러나 있던 블리펀트의 인원들이 슬금슬금 기어 나왔다.

그 숫자는 어림잡아 40명은 됐다. 이미 경기도 화성 지역의 블랙마켓은 블리펀트가 지배하고 있던 것이다.

나뎃이 고갯짓을 했다. 그것을 본 우민호가 소리쳤다.

"저 새끼 죽여!"

그는 강해를 보며 다시 한 번 목소리를 높였다.

"이년이 죽는 꼴을 보고 싶지 않으면…."

그가 말을 마치기 전이었다.

'오렌지, 아이언 레그.'

쾅!

"끄아아아아!"

붙들려 있던 예리나가 두 다리를 강철처럼 강화시키고는 우민호의 발을 짓밟았다.

그녀의 발뒤꿈치는 그의 오른쪽 발등을 지나 바닥을

파고들어 있었다.

우민호는 손에 든 사각 식도를 휘두르려 했지만, 예리나는 몸도 돌리지 않은 채 양손으로 그의 손목을 붙들었다.

쿠웅―!

그녀는 그를 간단히 메쳤다.

발라당 넘어진 우민호의 오른발은 3분의 1도 채 남지 않아 있었다.

예리나가 오른발을 뒤로 길게 뺐다.

'레드, 폭염 차기.'

그녀의 오른쪽 다리로 붉은빛 마나가 몰려들었고, 금세 불타올랐다.

예리나는 그대로 우민호의 몸통을 걷어찼다.

퍼엉―!

그녀가 발로 걷어차는 순간 폭발이 일어났고, 우민호는 멀리 날아가 널브러졌다.

강해는 미소를 머금은 채 그녀를 쳐다봤다.

'마음에 든단 말이야.'

예리나는 곧바로 자세를 가다듬은 뒤, 팔짱을 끼며 강해를 쳐다봤다.

그녀의 두 눈에는 불만이 담겨 있었다. 강해가 진짜 힘을 발휘하지 않고 있기 때문이었다.

'뭐 때문에 저러는 거야? 분명 나를 제압할 땐 저 정도가 아니었는데….'

그녀는 이제야 강해의 진짜 힘을 느끼고 있었다. 눈앞에서 전투를 지켜보니 알 것 같았다.

'나를 제압할 때는 힘의 차이만 보여줘서 제대로 못 느꼈는데… 인간이 아니야. 마치 지금 상황이 전부 장난 같다는 듯이….'

예리나는 이 싸움이 불가능하다고 얘기했던 자신이 바보처럼 느껴졌다.

'하지만 단순히 이기고 지고의 문제만이 아닌데… 골치 아프겠네….'

그녀는 한숨을 푹 내쉬었다.

강해는 여유롭게 피식 웃어 보였다.

나넷의 얼굴은 일그러져 있었다.

블리펀트 소속의 클랜원들은 순식간에 당한 우민호를 힐끗 보고는 강해에게로 시선을 옮겼다.

그들은 이내 어떻게 할지 명령을 내려달라는 듯이 나넷을 쳐다봤다.

경기도 화성의 블랙마켓, 지금 이곳에서 일어나고 있는 일과 관련이 없는 이들은 하나둘씩 자리를 뜨기 시작했다.

괜한 싸움에 휘말리고 싶지 않기 때문이었다. 대다수가 10성이 안 되는 이들이었고, 잘못했다간 목숨이 날아갈 수 있기에.

또한 부아카오와 남삭노이를 단번에 제압한 강해, 그리고 우민호를 순식간에 쓰러트린 예리나.

앞으로 더 큰 소란이 일어날 것은 분명했다.

이대로 싸움이 번지고, 더 큰 소란이 일어나면 협회나 클랜에서 개입을 해올 수도 있었다.

영역에 직접적으로 발을 들이지는 않지만, 인근에 접근하고 눈여겨볼 것이 분명했다.

수배자가 되는 것이다.

블랙마켓에 속한 이들이라도 공개적으로 타깃이 되는 것은 당연히 피한다.

영역을 벗어나는 순간 사냥감이 되는 거니까.

순식간에 경기도 화성 블랙마켓 안에는 강해와 예리나 그리고 나뎃이 이끄는 블리펀트만이 남아 있었다.

강해는 예리나를 향해 말했다.

"피해 있어요."

그녀는 뾰로통한 얼굴로 잠시 머뭇거리다 뒤로 물러났다.

그때 나뎃이 인상을 찡그린 채 소리쳤다.

"전부 죽여—!"

약 40명, 그중 10명이 예리나를 노렸고, 나머지는 강해를 향해 달려들었다.

블리펀트의 구성원은 나뎃을 제외하고 대부분 한국인이었다. 태국인은 단 하나도 없었고, 중국인 몇 명이 끼어있었다.

그리고 그들은 전부 최소 9성급으로 이뤄진 이들로 방금 강해가 쓰러트린 르엇과는 차원이 달랐다. 적어도 다섯 명 이상이 남삭노이나 부아카오에 필적했으니까.

강해는 사방에서 뛰어드는 수십을 상대로 웃고 있었다.

"바로 상대해주고 싶지만…."

수십 명의 공격이 퍼부어지는 순간이었다.

'피바람.'

팡! 휘이이이잉—

콰콰콰콰쾅, 콰쾅—!

블리펀트 클랜원들의 공격들이 쏟아졌다. 하지만 그들은 전부 바닥을 내리쳤다.

그들이 놓쳤다는 생각에 시선을 돌릴 때, 강해는 이미 예리나의 옆으로 다가가 있었다.

예리나를 노리던 이들은 잠시 당황했지만, 저마다 마나를 끌어올리며 공격을 준비했다.

강해는 오른손에 쥔 대검을 치켜들고 두 눈을 번뜩였다.

'투혼, 격노, 폭주기관차 기어 3단.'

그때 강해를 쫓던 이들은 몸을 틀어 다시 덤벼들려고 했다.

예리나를 쫓던 이들은 정면에서 덮쳐왔다.

퍼엉—!

강해의 오른팔 뒤로 폭주기관차 3단으로 인한 붉은 폭발이 일어났다.

그는 폭발로 인한 추진력을 사용해 대검을 전방으로 던졌다.

콰콰콰콰콰콰콰콰콰콰콰콰쾅―!

대검은 빙글빙글 회전해 바닥을 긁으며 지나갔고, 전방에서 달려들던 이들을 썰면서 지나갔다.

그들이 피하기에 대검이 날아드는 속도가 너무나 빨랐고, 방어하기에는 그 위력이 너무나 강력했다.

대검은 벽에 꽂혀서 멈췄고, 여섯 명의 헌터들이 즉사하거나, 신체의 일부가 잘려나가 전투불능이 됐다.

그 자리에 있는 모두가 잠시 멈췄다.

그들이 접해본 적 없는 압도적인 힘.

강해는 피와 분노를 거두고, 검은 마나를 끌어올렸다.

그는 예리나를 힐끗 보며 미소를 머금은 채 말했다.

"폐를 끼치면 곤란하니까⋯ 뒤로 빠져 있어요."

강해는 두 주먹을 맞부딪치며 블리펀트 소속 헌터들을 향해 소리쳤다.

"자! 이제 다시 덤벼도 돼!"

NEO MODERN FANTASY STORY

14. 압도

만렙
버서커

14. 압도

강해는 두 눈을 번뜩였지만, 입가에는 미소가 드리워 있었다.

수십을 상대로, 그리고 클랜장인 나뎃까지.

그 전투 자체가 기대됐기 때문이다. 그리고 자신이 얼마나 더 강해질 것인지에 대한 기대감 역시 타오르고 있었다.

싸움.

강해는 그 자체를 즐긴다.

본인이 직접 싸울 때를 가장 즐기지만, 보는 것 또한 좋다.

그는 등한시하는 싸움이 없다. 고수들끼리 붙는 것은 당연히 즐겁고, 피를 끓게 한다.

하지만 그 아래, 훨씬 아래, 약하다 못해 병약하거나 모자란 이들의 싸움도 좋다.

강해라면 손가락 튕기기로 죽일 수 있는 일반인끼리의 허우적대는 움직임 또한 재미있다.

그런 그에게 지금 상황을 잘 차려진 밥상과 같았다. 젓가락을 어디로 가져가야 할지 즐거운 고민을 하는 한정식.

코끼리라는 독특한 특성과 가장 강할 것이 분명한 나넷은 태국 대표 요리 중 하나인 톰얌쿵 정도일까.

강해가 두 눈을 번뜩이며 발걸음을 떼는 순간이었다.

"으아아아아악—!"

"도망쳐—!"

"어디서 튀어나온 괴물이야?"

블리펀트 소속의 헌터들이 환한 불빛 아래 바퀴벌레들처럼 빠르게 흩어지기 시작했다.

강해는 황당하다는 표정으로 그들을 쳐다보고 있었다.

"이게 뭐야…?"

헌터라고 전부 강해처럼 싸움을 즐기는 것도 아니다. 살아 있기에 기본적으로 가진 생존본능이 있고, 지금 살아남기 위해 도망치는 것이다.

단 한 번의 투척으로 자신들과 비슷한 수준의 헌터들이 고깃덩어리처럼 썰려나가니, 어찌 맞설 용기가 생기겠는가.

방금 무너진 르엇처럼, 끈끈한 유대감이 있었다면 얘기는 달라졌을지도 모른다.

하지만 단지 이득을 위해 모인 집단은 개인에게 가장 소중한 목숨을 부지시키기 위해 흩어졌다.

결국 그곳에 남아 서 있는 이들은 강해와 나뎃 그리고 예리나까지 세 사람뿐이었다.

강해는 눈썹을 살짝 찡그리고는 말했다.

"이거… 톰얌쿵 하나 남았네."

나뎃은 이를 뿌득뿌득 갈며 인상을 구긴 채 두 주먹을 꽉 쥐었다.

강해는 조롱하는 목소리로 물었다.

"넌 도망 안 가냐?"

"이 새끼가―!"

나뎃이 땅을 박차고 강해를 향해 돌진했다.

그는 강해와 일대일로 붙어도 이길 수 있을 거라 굳게 믿고 있었다.

그 역시 자신의 아래 있던 헌터들은 한 번에 죽일 힘이 있다고 생각했다. 실제로 같은 블리펀트라지만, 그 정점에 있던 나뎃은 격이 달랐다.

'코끼리의 발.'

강해의 코앞에 다가온 나뎃이 오른손을 치켜들었다.

강해는 사지를 검은 마나로 휘감은 채 자세를 취했다.

나뎃이 오른손을 크게 저었다.

'어?'

강해가 고개를 위로 들었다.

그의 머리 위로 하늘빛 마나가 휘몰아쳤는데, 순식간에 형상화돼서는 코끼리의 다리로 변했다.

콰아아아앙—!

코끼리의 발이 강해를 내리찍었다.

강해는 왼팔로 머리를 감싸듯 방어했다.

그 묵직함에 그의 양발 아래가 움푹 꺼졌다.

코끼리의 발은 짓이길 듯이 계속해서 압박을 가했고, 정면에서는 나뎃이 달려들었다.

'코끼리의 상아.'

그가 왼손을 전방으로 뻗었고, 하늘빛 마나가 코끼리의 상아로 훅 뻗어왔다.

쿠쿠쿠쿠쿵!

강해는 오른손으로 그것을 잡았다. 바닥을 파고든 양발이 뒤로 밀려났다.

"재밌는데."

강해가 평소처럼 피와 분노의 힘을 썼더라면 뒤로 밀려날 일은 없었다.

기본적으로 가진 신체능력이 엄청나긴 하지만, 그의 진짜 힘은 피와 분노를 사용할 때이다.

다른 헌터들은 전투 시 마나를 이용해 신체능력을 끌어올린다.

강해는 피와 분노로 신체능력을 끌어올린다. 하지만 현재 그는 마나만을 사용하는 상태.

특히 다른 점은 강해는 마나로 신체능력을 높이지는 못했다.

그가 마나를 사용해서 전투를 할 땐 순수한 육체의 힘에 마나를 장비처럼 사용하고 있었다.

그렇게 해도 지금까지 마주친 적들은 상대가 되지 않았고.

하지만 나뎃은 조금 달랐다. 강해가 순수한 육체의 힘만으로 상대할 만큼 약하지 않았다.

나뎃은 두 번의 공격으로 자신이 유리한 고지를 점하고 있다고 생각했다.

그의 머릿속에 강해가 피바람을 일으키며 사라진 모습과 대검을 던져 단번에 여러 명을 없앴던 장면이 남아 있었다.

'그건 기습이어서 통한 거야.'

'생각보다 별거 아니네.'

'이 정도는 충분히 내가 제압할 수 있다.'

나뎃의 머릿속에 빠르게 생각들이 교차했다.

강해는 여전히 마나만을 사용했다.

터터터터터텅!

나뎃이 두 주먹을 빠르게 내질렀는데, 그가 팔을 뻗을 때마다 코끼리 발의 형상이 충격을 더했다. 강해는 전부 막아내곤 있었지만, 몸이 뒤로 크게 밀려났다.

지켜보던 예리나가 소리쳤다.

"뭐 하는 거예요? 제대로…."

그녀는 말을 하다 멈췄다.

강해는 두 눈을 똑바로 뜨고 모든 공격을 보고 있었고, 입가에는 미소가 잔뜩 머금어져 있기 때문이었다.

'20··· 30··· 40···.'

그는 자신의 정신력과 주문력이 급격히 상승하는 것을 느꼈다.

콰앙!

사선에서 튀어나온 코끼리의 발이 강해의 머리를 내리쳤다.

강해는 옆으로 튕겨져 나가면서도 웃고 있었다.

"이 미친놈···!"

나뎃은 오른팔을 크게 치켜들었다.

'코끼리 코.'

그의 오른쪽 어깨부터 하늘빛 마나가 기다랗게 늘어지며 코끼리 코의 형상을 이뤘다.

그는 그대로 오른팔을 굵은 채찍처럼 휘둘렀다.

콰아아아아앙—!

튕겨져 나가던 강해는 양발을 바닥에 디디고, 코끼리 코를 왼팔로 감싸며 왼쪽 어깨로 받아냈다.

그의 양발은 바닥에 심어지듯 묻혔다.

나뎃은 인상을 구긴 채 왼발을 차올렸다.

'코끼리의 발.'

코끼리의 발이 일직선으로 뻗어왔다.

강해는 씁쓸한 미소를 지었다.

그의 정신력과 주문력은 더 이상 상승하지 않고 있었다.

'여기까지인가.'

강해가 두 눈을 번뜩였다.

'광마의 포효.'

그가 전방을 향해 입을 쩍 벌렸다.

"우아아아악—!"

콰아아아아아아아아아아—! 쿠쿵! 쿠쿵! 쿠쿠쿵!

검은 마나의 충격파가 일어났고, 사방에 진동이 일어났으며, 나넷의 기술들은 그대로 터져버렸다.

멀리서 지켜보던 예리나는 인상을 찡그리며 귀를 틀어막았다.

강해가 던진 대검에 썰렸지만, 아직 숨이 붙어 있던 이들은 상처가 아리는 듯 꿈틀거렸다.

정면에서 광마의 포효를 그대로 맞은 나넷은 뒤로 쭉 날아갔다.

콰콰콰콰콰콰!

그는 양발을 바닥에 꽂듯이 뻗어 멈춰 섰지만, 그러고도 뒤로 밀려났다.

나넷의 호흡은 거칠어져 어깨가 들썩거렸다. 두 눈과 코, 귀에서는 피가 흘러내렸다.

"이… 이… 미친… 말도 안 돼…."

그는 거친 숨을 몰아쉬며 강해를 노려봤다.

강해의 현재 정신력은 98, 주문력은 101이었다.

나넷으로서는 이해할 수 없는 일이었다. 터무니없이 낮은 정신력과 주문력으로 이런 위력을 낸다는 게 상식적으로 말이 안 됐다.

"대체… 대체 뭐냐? 넌 뭐야! 이건 상식을…"

나넷이 말하는 중이었다.

강해가 미소를 지으며 그의 말허리를 잘랐다.

"상식 따위는 깨부수면 되는 거다."

질이 달랐다. 동급의 능력치라 하더라도 분명히 하나는 더 강하고, 하나는 더 약하다.

강해의 정신력과 주문력은 낮더라도 다른 동급 능력치의 헌터들보다 강한 것이다.

이는 극한까지 단련된 신체, 셀 수 없을 만큼 수많은 전투로 쌓은 경험 그리고 힘을 가장 효율적으로 쓰기에 가능한 것이었다.

마나를 사용하면서도 가장 효율적으로 신체까지 활용한 것이다.

그리고 지금까지 마나를 사용한 전투와는 달랐다. 처음으로 마나를 방출한 것이다.

그는 낮은 정신력 수치 때문에 마나의 양 자체가 많지 않았기에 장비처럼 몸에 두르는 것에 그쳤다. 그 역시 마나의 소모는 되지만, 방출하는 것과는 그 양이 다르다.

하지만 이번에는 마나를 쏟아 부어서 공격을 한 것이다.

나넷은 이를 악물고 양팔을 치켜들었다.

"이럴 리가 없어!"

그가 양팔을 크게 휘저었고, 코끼리의 다리 두 개가 양쪽에서 강해를 덮쳤다.

콰쾅!

강해는 그것을 가볍게 피해내며 나넷의 코앞으로 접근했다.

'광마의 손아귀.'

그는 검은 마나로 휩싸여 커다래진 오른손으로 나넷을 찍어눌렀다.

콰앙—!

"커헉…!"

나넷은 양팔이 묶인 채로 바닥에 짓눌려서는 꼼짝도 하지 못했다.

"어떻게… 이딴….."

강해가 씩 웃으며 말했다.

"세상은 원래 불공평하고, 불합리해. 그걸 받아들이면 좀 나아질 거다."

콰드드드득—!

강해는 땅바닥까지 함께 움켜쥐며 나넷의 몸을 쥐어짰다.

"저세상이 있다면 말이지."

나넷은 전신의 뼈가 으스러지며 피를 토했고, 고통이 가득한 신음을 내뱉다가 죽었다.

강해는 마나를 거두며 그를 내려다봤다. 그러고는 몸을
돌려 예리나에게로 향했다.

"끝났네요."

강해가 미소를 머금은 채 말했다.

예리나는 눈썹을 찡그렸다.

"대체… 무슨 생각으로 이렇게 일을 벌인 거예요? 세상
에…."

강해는 씩 웃어 보였다.

"어쨌든 다 끝났잖아요? 잘 해결된 거 같은데."

"끝이라뇨, 이제 시작된 거예요. 당신은 지금 전부 적으
로 돌린 거라고요."

"그게 무슨 말입니까?"

"헌터 협회나 클랜은 절대 블랙마켓에 정면으로 쳐들어
가지 않아요. 그 이유는 알고 있겠죠."

"네, 알죠."

예리나는 한숨을 내쉰 뒤에 말했다.

"지금 당신은 블랙마켓에 정면으로 쳐들어와서 난장판
을 만들었잖아요."

"그렇죠."

강해는 씩 웃었다.

예리나가 눈썹을 찡그리며 말했다.

"그렇게 여유부릴 때가 아니에요. 당신은 블랙마켓의
적이 됐고, 헌터 협회나 클랜에서도 결코 좋게 보지 않을

거라고요."

"그런데요?"

"네?"

"그게 무슨 상관이냐는 거죠."

"상관이 없다니요, 언제 어디서 당신을 노리는 이가 있을지 모르는 건데…."

강해는 눈썹을 찡그리고, 한쪽 입꼬리를 올려 보였다.

"그런 거라면 바라는 바입니다."

예리나는 진심으로 강해를 미쳤다고 생각하며 바라봤다.

강해는 아랑곳 않고 피식 웃어 보이고는 걸음을 뗐다.

"어디 가요?"

예리나가 물었다.

강해는 전방을 가리키며 말했다.

"여기서 나가야죠."

"그냥 거기로 나가겠다고요?"

"네."

"제 말 못 들었어요? 이 정도로 소동을 벌였으니 분명 협회나 특정 클랜의 헌터들이 진을 치고 있을 거예요."

강해가 기대감을 품은 눈을 반짝였다.

"바로 덤벼들려나?"

예리나는 잠시 말문을 멈추고, 두 눈만을 깜빡거렸다.

그녀는 한숨을 길게 내쉬며 말했다.

"그렇지는 않겠지만, 타깃에 올려둘 거라고요. 어떤 식으로 접근할지는 모르는 거지만…"

"아무튼 갑시다."

"뒤로 가요. 뒷문으로."

"후문이라고 없겠습니까?"

"다른 길로 나가면 되죠."

"다른 길이요?"

"벽 하나 허물고 빠져나가는 것쯤은 어렵지 않으니까요."

강해는 잠시 고민하는 듯하더니 고개를 홱 돌려버렸다.

"됐어요. 그냥 이쪽으로 갑시다."

예리나는 한숨을 길게 내쉬고는 강해의 뒤를 따라 걸음을 옮겼다.

강해가 말했다.

"꼭 나를 따라올 필요는 없는데?"

예리나가 가까이 다가선 뒤 말했다.

"이미 늦었어요. 당신 때문에…"

"뭐가요?"

"아까 도망친 놈들도 있었잖아요. 협회하고 클랜들은 젖혀둬도, 저까지 블랙마켓의 타깃이 됐을 거라고요."

강해는 이해가 됐다는 듯이 고개를 끄덕이며 웃음을 터트렸다.

"아, 그게 그렇게 되겠네. 그래서 리나 씨를 노리기도 했고."

"지금 웃음이 나와요?"

"그럼 잠잠해질 때까지 나한테 붙어 다니면 되죠."

"우리를 노릴 헌터들의 숫자가 몇이나 될 줄 알고요. 혼자서 그걸 어떻게 감당해요? 게다가 활동을 하지 않던 자들까지 나설 수 있어요."

그녀는 미간을 찡그린 채 말을 이었다.

"그래요, 이건 정말⋯ 균형의 문제라서 일이 어디까지 번질지 몰라요. 잠적했던 사람들이나 외국에서까지도 우리를 노릴 수⋯."

예리나는 강해와 눈이 마주치자마자 말을 멈추고 말았다.

강해는 무표정하게 쳐다보고 있었다. 그의 얼굴에는 어떠한 걱정의 기미도 찾을 수 없었다. 강해의 두 눈에는 자신감만이 깃들어 타올랐다.

예리나가 고개를 가볍게 젓고는 말했다.

"아무튼⋯ 이미 벌어진 일이니 별 수 없겠죠. 일단 빠져나가서 생각해요."

강해는 벽에 처박혀 있는 부아카오와 쓰러진 남삭노이에게서 장비들을 챙겼다.

투혼의 아대와 가고일 너클.

능력치는 아무 의미도 없었지만, 각각 신체강화와 파동의 특성을 가졌다.

강해는 두 장비를 손과 팔에 가져다 대보고는 헛웃음을 쳤다.

'이런.'

그의 우악스러운 손에 너클은 들어가지 않았다. 부아카오가 팔 상완에 착용하던 아대는 손목을 조금 넘어서는 수준이었다.

'팔아야겠구만.'

강해는 뒤쪽으로 손을 뻗었다.

'블러드 마그넷.'

콰앙!

벽에 처박혀 있던 대검이 날아와 강해의 손에 쥐어졌다.

그 광경을 본 에리나의 두 눈이 커졌다.

'이 사람의 특성은 대체 뭐야? 무슨 능력이…'

강해는 대검을 등에 찬 뒤, 양손을 주머니에 꽂은 채 유유히 걸음을 옮겼다.

예리나는 강해의 뒷모습에서 눈을 떼지 못한 채 뒤를 따랐다.

두 사람이 블랙마켓의 영역을 벗어나 길가로 나왔을 때였다.

블랙마켓에 속한 헌터들이 수시로 파괴해 하나도 떠 있지 않던 드론들이 적어도 10대가 넘게 떠다녔다.

강해는 멀리 떨어져 있지만, 분명 이곳을 노려보는 자들이 있는 것을 느꼈다.

예리나 역시 10성급에 다다르는 헌터.

그녀는 곧바로 경계태세에 들어가며 눈을 날카롭게 치켜떴다.

예리나가 강해의 옆으로 다가서서 입을 뗐다.

"제 말이 맞죠? 이제 어떻게 할 생각…."

그녀가 말을 마치기 전이었다.

"다들 그렇게 멀리서 지켜보지 말고, 가까이 와서 얘기 좀 해보는 게 어떻겠어?"

강해가 목소리를 높였다.

예리나는 이제 익숙해졌다는 듯이 그저 한숨을 내쉬었다. 그러고는 오른손을 이마에 짚으며 고개를 가볍게 내저었다.

그녀는 어차피 자신이 강해를 컨트롤할 수 없다는 것을 잘 알기에, 이제는 그저 어떻게 되는지 두고 보자는 심정이었다.

그것은 적어도 강해와 있으면 죽지는 않을 거라는 막연한 믿음에 기인했다.

이런 자신감은 아무나 가질 수 있는 게 아니었으니까.

강해가 목소리를 높인 뒤, 몇몇 헌터들이 다가왔다.

반대로 더욱 거리를 벌리는 이들도 있었고, 아예 자리를 뜨는 자들도 있었다.

강해에게 직접 다가온 이들은 총 세 명이었다.

[천우림]
특성 : 구속
잠재력 : 891
[오민수]
특성 : 가위
잠재력 : 911
[강준현]
특성 : 검술
잠재력 : 778

천우림과 오민수는 협회 소속의 헌터들이었고, 강준현은 클랜 '검에 산다' 소속이었다.

강해는 씩 웃으며 말했다.

"나한테 무슨 볼일들이신가?"

천우림이 말했다.

"잘 알고 계실 거 같은데…."

"확신이 서지 않으니 똑바로 말해주는 게 좋을 거 같은데."

강해는 이 상황이 재미있다는 듯이 입가에 미소를 잔뜩

머금고 있었다.

예리나는 숨을 죽인 채 상황을 지켜봤다. 지금 앞에 서 있는 세 사람 전부 10성인 것은 당연했고, 방금 강해가 제압한 나뎃보다 강할 거라 생각됐다.

그녀의 힘으로는 한 사람도 당해낼 수 없었다. 하지만 걱정은 없었다.

단지 기습을 대비해 경계하고 있을 뿐이었다. 그녀에게 강해는 이미 압도적인 힘을 가진 존재로 자리 잡고 있었다.

오민수가 말했다.

"우리는 협회 소속으로서 정황을 파악하기 위해 왔던 겁니다."

그는 약간 미심쩍다는 듯이 강해를 쳐다봤다.

"6성… 헌터 최강해 씨."

이해가 되지 않는 상황이었다. 블랙마켓에서 큰 전투가 있었던 것은 확실했다. 그곳에서 황급히 도망쳐나온 이들도 있던 것을 확인한 상태였다.

그들의 처음 예상은 블랙마켓에 속한 헌터들끼리의 마찰로 인한 거라 생각했다.

혹은 주시하고 있던 나뎃이 세력 확장, 경기도 화성 블랙마켓 영역을 완전히 차지하기 위해 일을 벌인 거라고.

하지만 블랙마켓에서 멀쩡하게 걸어 나온 사람은 수배혹은 주시해야 될 명단에 오르지도 않은 예리나 그리고 겨우 6성 헌터인 강해였다.

지켜보고 있던 강준현이 물었다.

"당신 정말 6성 헌터입니까?"

강해가 고개를 가볍게 끄덕였다.

"그렇습니다만?"

강준현은 강해에게서 느껴지는 마나를 읽었다. 마나를 굳이 전부 방출하지 않아도 일부러 숨기는 것이 아니라면, 대략적으로 어떤 수준인지는 알 수 있기 마련이다.

아니, 숨긴다 하더라도 특정 수준에 다다른다면 이렇게 가까운 거리에서는 읽어낼 수 있다.

강준현이 강해에게서 느끼는 마나의 양은 3성급도 채 되지 않았다.

그는 더 이상 정황을 파악할 필요도 없다고 생각했다.

그저 블랙마켓에 속한 헌터들끼리 싸움이 일어났고, 강해와 예리나는 그저 생존자라 여겼다.

강준현은 예리나를 힐끗 보고는 단정 지었다.

'이 여자는 제법 강한 거 같네. 그래서 살아남은 거 같구만.'

그가 말했다.

"나는 이만 돌아가겠습니다.'

그리고 몸을 돌려 자리를 떴다.

강해와 예리나가 블랙마켓에 속한 이들이라도 수배 명단에 오르지 않았기에 쓸데없이 전투를 벌일 필요는 없다고 판단한 것이다.

잔챙이.

강준현이 느낀 강해와 예리나의 수준이었다.

그리고 그것이 그의 수준이었다.

정말 강자였다면, 혹은 노련한 이였다면 강해가 뿜어내는 마나가 많지 않더라도 그 강함을 어느 정도는 느꼈을 것이다.

그 분위기에서 읽어냈을 것이다. 적어도 지금 상황에서 좀 더 의심을 해볼 수는 있었다.

강준현이 자리를 뜨자 멀리서 지켜보던 헌터들도 하나둘씩 움직이기 시작했다.

결국 자리에 남은 것은 헌터 협회 소속인 천우림과 오민수 그리고 강해와 예리나뿐이었다.

천우림과 오민수는 강해의 강함에 대해 감을 잡고 있었다.

또한 협회 측에는 강해의 이력들이 남아 있다. 헌터 등록을 한지 얼마 되지 않아 그래프가 수직을 그릴 정도로 빠르게 성장한 6성 헌터.

예의주시할 필요가 있는 것은 당연한 일.

그리고 직면했을 때 강해가 풍기는 그 분위기는 아무나 낼 수 있는 것이 아니었다.

그 강함과 당당함은 한국 헌터 협회장보다 높다고 느낄 정도.

물론, 두 사람은 강해가 그 정도로 강할 거라 생각은 하지 않았다. 강한 것은 맞지만, 다소 자신의 힘을 과신하는 그런 타입이라고 여겼다.

천우림과 오민수는 강해와 예리나를 번갈아보며 고민을 하고, 여러 가지 경우의 수를 생각하고 있었다.

강해가 먼저 입을 뗐다.

"쓰레기 청소를 해줬으니 고맙다고 인사라도 하러 온 겁니까?"

천우림이 말하려 했는데, 오민수가 먼저 말문을 열었다.

"최강해 씨, 여태까지 행보는⋯ 조금 거칠긴 했습니다만, 나쁘다고 볼 수는 없을 거 같은데요. 지금 블랙마켓의 영역에서 나온 것에 대해 설명해주실 수 있겠습니까?"

강해가 미소를 지으며 말했다.

"말했잖습니까, 쓰레기 청소."

"쓰레기 청소요?"

"여태까지 협회 측과 얽히면서 내가 했던 일들은 다 기록돼 있는 거 같은데, 맞죠?"

"그렇습니다."

강해는 슬로터 클랜을 제압했던 것, 그리고 그 과정에서 블랙마켓의 르엇과 얽힌 것에 대해 설명을 늘어놨다.

천우림은 여전히 날카로운 눈을 한 채 얘기를 들었고, 오민수는 양해를 구한 뒤 청취를 했다.

강해가 말했다.

"그러니까 일종의 정당방위로 봐야 되지 않겠습니까? 언제 어디서 나를 죽이러 올지 모르는 거니까요."

오민수가 물었다.

"하지만 블랙마켓의 영역에 직접적으로 침범하는 것이 문제가 될 수 있다는 생각은 안 해보셨습니까?"

"그럼 가만히 습격당하길 기다려야 되는 겁니까? 제가 일반인들이 많은 곳에 있다가 다른 이들이 다치게 되면요?"

"그 부분이야 블랙마켓에서도 일반인은 절대 건드리지 않으니…."

강해가 그의 말허리를 잘랐다.

"사고는 언제든 일어날 수 있는 법이지요. 그들이 의도하지 않았더라도 사고는 일어날 수 있는 거 아닙니까?"

"어떤 말씀인지는 알겠습니다. 틀렸다는 것도 아니고요. 하지만 최강해 씨는 지금 굉장히 곤란한 상황에 처하게 되신 겁니다."

그는 예리나를 보며 말을 이었다.

"예리나 씨도 마찬가지고요."

예리나는 미간을 찡그리며 입술을 실룩였다.

'젠장….'

오민수가 말했다.

"아까 저희하고, 먼저 떠난 강준현 씨 외에도 많은 헌터들이 당신들을 봤습니다. 개중에는 이미 당신들을 타깃으로 삼았을 겁니다."

강해가 물었다.

"그래서요? 당신들도 우리를 타깃으로 삼았다는 뜻입니까?"

"그건 아니고…."

그때 천우림이 대화에 끼어들었다.

"주시해야겠다는 생각은 듭니다만?"

모두의 시선이 그에게로 쏠렸다.

전부 심각한 표정인 가운데, 강해는 미소를 짓고 있었다.

천우림이 말했다.

"블랙마켓에 잡아들일 놈들이 많은 것은 사실이지만, 이런 식으로는 아니죠. 이런 방식으로 일을 벌이다가는 일반인들도 위험에 빠트리게 됩니다."

그는 블랙마켓이 필요악이라 여기고 있었다. 언젠가는 싹 처리해야 되지만, 적어도 지금은 존재해야 하는 집단이라 여겼다.

조금씩, 조금씩 악질들만 잡아들이면서 던전과 몬스터들을 협회와 클랜들 선에서 모두 처리할 수 있을 때까지 기다려야 된다고.

강해가 물었다.

"그래서… 지금 어쩌겠다는 건지 정확히 좀 말해주겠어요? 나하고 붙겠다는 건가?"

그의 입가에는 미소가 드리웠지만, 두 눈은 번뜩였다.

천우림은 눈을 똑바로 마주치며 불편한 기색을 감추지 않았다.

"지금…."

그는 잠시 말을 멈추고, 한숨을 가볍게 내쉰 뒤에 다시 입을 열었다.

"지금 당장 어떻게 하겠다는 건 아닙니다. 당신이 처리했다는 르엇 쪽은 안 그래도 벼르고 있던 이들이었으니까요."

강해는 팔짱을 낀 채 잠자코 얘기를 들었다.

오민수가 말했다.

"저희는 경고를 드리러 온 겁니다. 이런 식으로 또 블랙마켓의 영역을 드나들고, 침범하면 위험해지실 게 분명합니다. 그 의도가 아무리 좋다 해도 말이죠."

그는 잠시 머뭇거리다 말을 이었다.

"솔직히 말씀드려서 이미 그렇다고 봐야겠죠. 블랙마켓 쪽은 물론이고, 적어도 몇몇 클랜들은 움직일 가능성이 높습니다."

그 순간 예리나는 강해에게 질리고 말았다.

'대체 어떻게 된 사람이야…?'

강해는 자신을 노리는 이들이 많아질 거란 얘기를 듣고 흡족하는 듯한 표정을 짓고 있었다.

협회 측에서는 강해가 던전에서 다른 헌터들을 구해낸 이력이 있기에 직접적으로 어떠한 제재를 가하려 하지는 않았다.

그 과정은 어떨지 몰라도 결과 자체가 나쁘다고 할 수는 없었으니까.

천우림이 강해를 주시하겠다는 것은 지극히 개인적인 의견이었다.

오민수가 말했다.

"아무튼… 범죄자를 잡아주신 것에 대해 감사드립니다. 나넷의 경우 지명수배자이기도 했고요. 하지만 블랙마켓의 영역에 침범한 경우인지라…."

그는 씁쓸한 표정으로 말을 이었다.

"보상금이 지급은 되겠지만, 원래 책정된 금액은 아닐 것입니다. 또한 앞서 말씀드렸듯이 다수의 헌터들이 당신을 노릴 수도 있고요. 이 부분에 관해서는 헌터들이라면 다 아는 암묵적인 룰을 어기신 부분이라 제가 어떻게 해드릴 수 없습니다."

오민수는 안타까움을 표했다. 예리나의 말대로 강해는 사방에 적을 만든 셈이었다.

지금 눈앞에 있는 천우림도 언제든 적이 될 수 있는 이였다.

두 사람은 그렇게 강해와 예리나를 등 뒤로 하고 자리를 뜨려 했다.

그때 강해가 말했다.

"가기 전에 해줘야 될 거 하나 있지 않아요?"

두 사람이 걸음을 멈추고, 몸을 돌려 강해에게로 시선을 옮겼다.

예리나는 옆에서 불안한 눈빛을 했다.

'또 무슨 짓을 하려는 거야?'

강해가 미소를 머금은 채 말했다.

"내가 때려잡은 10성급이 한둘이 아닌데, 그럼 이제 나도 10성 헌터로 올려줘야 되지 않나?"

예리나는 오른손으로 자신의 눈앞을 가리며 한숨을 내쉬고 말았다.

천우림과 오민수는 예상치 못했던 말에 두 눈만을 깜빡거렸다.

❖

강해는 눈썹을 찡그린 채 다시 물었다.

"내 말이 틀립니까?"

천우림은 가만히 서 있었고, 오민수가 천천히 다가왔다.

"확실히… 틀린 말씀은 아니네요."

"그럼 이제 저도 10성 헌터인 겁니까?"

"바로 처리해드리도록 하죠."

오민수는 휴대폰을 잠시 만지작거리고는 다시 강해와 눈을 마주쳤다.

"다 되셨습니다."

"벌써 다 된 겁니까?"

"예, 지금부터 10성급 던전에 입장이 가능하십니다. 잘 아시겠지만, 이제 막 등록되신 거라 하급으로 분류되겠지만요."

강해는 씩 웃어 보였다.

"일처리 빨라서 마음에 드네요."

"아무튼… 이만 물러가도록 하죠. 아무쪼록 조심하시고, 아까 말씀드렸다시피… 행동에 좀 더 신중을 기하셔야 될 것 같습니다."

"그거야… 알아서 하도록 하죠."

오민수는 고개를 가볍게 꾸벅이고는 몸을 돌려 걸음을 옮겼다.

강해의 시선은 뒤편에 있는 천우림에게 옮겨져 있었다.

'저건 조만간 다시 보겠구만.'

천우림은 아니꼬운 눈빛을 보내고 있었다. 강해는 지금 당장이라도 그와 맞붙고 싶었지만, 협회 소속의 헌터에게 먼저 싸움을 거는 것은 자제했다.

이런 식으로 싸움이 시작되는 것은 그의 기준에서도 어긋났고.

천우림 역시 자신의 기준이 있고, 적어도 일반인들을 지키기 위해 활동하는 협회 소속의 헌터다.

강해에게는 적이 될 수 있는 남자이지만, 블랙마켓 쪽에서 소동이 일어났다고 바로 달려온 것만 봐도 그는 좋은 헌터다.

'그냥 죽일 인재는 아니니까.'

강해는 예리나에게로 시선을 옮겼다.

'애도 있고 말이지. 어쨌든 나 때문에 같이 말려들었으니까.'

예리나가 물었다.

"이제 어떻게 할 거예요?"

"뭘를?"

"지금부터요. 지금 상황이 어떤지 알잖아요."

강해는 미소를 지으며 말했다.

"덤비면 박살내준다, 그거면 충분하지."

예리나가 눈썹을 살짝 찡그렸다.

"그렇게 대책없이…."

강해가 그녀의 말허리를 잘랐다.

"내가 대책, 그 자체야."

예리나는 순간 말문을 잃고 말았다.

'뭐 이런 사람이 다 있지?'

그런 생각이 들면서도 반박할 수가 없었다. 그녀는 자신이 처리할 최종목표인 남자를 떠올렸다.

그는 엄청난 권력과 힘을 지닌 자.

강해가 상대한 10성들은 어디까지나 작은 지역에서 노는 급이다.

예리나의 목표는 세계를 무대로 하는 남자.

하지만 왠지 모르게 강해라는 사람이 누군가에게 지는 그림이 그려지지 않았다.

'뭐지, 정말… 세상이 얼마나 넓은지는 아는 거야? 분명 근거 없는 자신감인데….'

예리나는 눈을 가늘게 뜨고 강해를 쳐다보고 있었다.

'근거가 없다고 느껴지지 않아.'

강해가 물었다.

"그래서 너는 이제 어떻게 할 거지?"

"어떻게 하다니요?"

"나뿐만이 아니라, 너도 타겟이 된 거 같던데."

"당신한테 붙어 있으면 된다면서요."

예리나는 자신이 말하고도 어감이 뭔가 이상했다는 듯이 괜스레 얼굴을 붉히며 걸음을 옮겼다.

"아무튼, 얼른 가요."

강해는 그녀의 뒷모습을 귀엽다는 듯이 바라봤다. 굴곡 지고 잘 빠진 몸매는 귀여움보다 섹시함 혹은 아름다움에 가까웠지만.

"어디를 가겠다는 거야?"

강해가 물었다.

예리나가 고개를 홱 돌리고, 인상을 찡그리며 괜스레 목소리를 높였다.

"일단 여기를 떠야지요. 그리고 왜 갑자기 반말이에요?"

"이제 제법 친해지지 않았어? 그리고 내가 나이도 많고… 뭐 문제될 거 있나?"

"있죠. 예의는 지켜야죠."

"에이, 그러면 금방 친해질 수가 없지."

예리나는 기가 막힌다는 듯이 콧방귀를 뀌었다.

강해가 미소를 지으며 말했다.

"그럼 너도 말 놓으면 되잖아."

"아… 정말…."

두 사람은 그런 시답잖은 대화를 나누며 걸음을 옮겼다.

예리나는 시종일관 칭얼거렸는데, 강해는 미소를 머금은 채 그런 그녀를 어린아이처럼 다뤘다.

❖

두 사람은 아직 경기도 화성 인근이었다.

예리나가 물었다.

"그래서 이제 진짜 어떻게 할 건데요? 무슨 계획이 있을 거 아니에요."

"말 놔도 된다니까."

"그건 제가 때 되면 알아서 할 문제고… 일단 이제부터 어떻게 할 건지…."

강해가 오른손으로 자신의 배를 어루만지며 그녀의 말을 끊었다.

"배고픈데 일단 밥부터 먹으러 갈까?"

"……."

"계속 같이 밥 먹네."

"그러게요… 가요, 그럼 일단 가요."

예리나는 포기한 듯했다. 컨트롤이 아니라 그저 함께

의견을 조율해보고 싶었던 거였다. 하지만 그마저도 강해가 원할 때 가능했다.

'정말이지….'

스스로 인지하지 못했지만, 그녀는 그런 불만들을 가지면서도 순순히 강해를 따르고 있었다.

두 사람은 택시를 타고 수원 인근의 식당에 마주앉았다.

강해가 주문한 것은 왕갈비 4인분.

예리나가 말했다.

"둘이서 먹는데 무슨 갈비를 4인분이나 시켜요?"

"혼자 1인분은 먹을 거 아냐?"

"그렇죠."

"나머지는 내가 먹을 거야."

그는 밥 그리고 물냉면과 비빔냉면까지 주문했다. 강해는 싱글벙글 웃으며 고기를 손수 굽고 잘랐다. 예리나의 밥 위에 고기를 얹어주기도 했고.

"많이 먹어."

예리나는 먹으면서도 계속 강해의 눈치를 살폈다.

'대체 언제 얘기를 하려고… 정말 아무 대책도 세우지 않는 건가?'

그녀가 물었다.

"정말 아무 얘기도 안 할 거예요?"

"무슨 얘기?"

"아까 하던 얘기요."

"나 자체가 대책이라니까."

"그런…."

강해는 고기를 자르다가 예리나와 눈을 마주치며 나지막이 말했다.

"그리고… 앞으로 그런 것들은 문제가 아닐 거야."

"네? 무슨 말이에요 그건?"

"아직 확실한 건 아니지만… 몇 가지 추측들이 있거든. 그래서 조만간 그걸 확인할 참이야."

"확인이요? 어떤…."

강해는 고기를 뒤집고, 다 익은 것들은 불판의 가장자리로 옮기며 말했다.

"일단 10성급 던전에 들어가 봐야지. 한두 번으로는 안 될 수도 있고… 내 생각에는 거의 확실한 거 같은데. 이래저래 바빠서 바로 확인을 못했네."

"그게 뭔데요?"

"지금 그냥 말해서는 믿지도 못할 거야. 그 방법도 못 찾았고."

예리나는 궁금증과 답답함이 치밀어 올랐지만, 굳이 더 얘기를 하지 않았다. 어차피 강해는 자신이 말하고 싶을 때할 테니까.

강해가 미소를 지으며 말했다.

"그나저나… 다른 대책도 필요할 거 같긴 하네. 완전히 틀린 말은 아니었어."

예리나가 눈을 반짝였다.

"그렇죠? 그럼 이제 어떻게…."

강해가 그녀의 말허리를 잘랐다.

"나는 아무 문제가 안 돼. 내 말이 틀렸다는 것도 아니야."

그는 집게를 들어 예리나를 가리키며 말을 이었다.

"네가 문제지."

"네?"

"내 생각에는 아마… 아까 나뎃하고 붙으면 아슬아슬하게 질 거야. 그치?"

"……."

"그래서 지금 우리의 문제는 내가 아니라 너란 말이지."

예리나는 눈썹을 찡그렸다.

"그래서 어떻게 하겠다는 거예요?"

강해는 미소를 지으며 고기를 하나 입에 넣은 뒤 대답했다.

"네가 강해지면 되지."

"그건 당연히 알고 있어요. 지금도 죽을 만큼 노력하고 있고, 분명히 더 강해질 수…."

강해는 예리나의 밥 위에 고기를 하나 얹어주며 말했다.

"내가 널 더 강하게 만들어 주겠어."

예리나는 두 눈을 크게 뜨고는 아무 말도 하지 않았다.

강해는 밥 위에 얹었던 고기를 다시 집어 그녀의 입으로 밀어 넣었다.

"그러니까 많이 먹어둬."

예리나는 얌전히 고기를 받아먹고는 오물거리며 두 눈만을 깜빡거렸다.

첫 만남 자체는 단순히 호감에서 기인한 것이다. 다른 의도가 있지는 않았다.

강해는 그녀를 제압하는 과정에서 확실히 느끼고 있던 것을 말했다.

"잠재력 자체는 지금까지 이곳에 와서 본 헌터들 중 네가 가장 뛰어나다."

"뭐, 수치상으로는 사실 최고라고 볼 수 있긴 하죠."

"그런 게 아니야."

예리나는 두 눈만 깜빡이며 이어질 말을 기다렸다.

강해가 말했다.

"수치 따위가 아니라, 다루는 능력을 본 거지. 넌 강해질 수 있어. 아마 전 세계에서 손꼽을 정도로 말이지."

강해는 완벽하게 검증되지 않았다. 10성급인 부아카오와 남삭노이, 나넷까지 간단하게 제압했다지만, 그들보다 훨씬 강한 헌터들은 얼마든지 있다.

세계는 넓으니까.

하지만 예리나는 강해의 말을 조금도 의심하지 못했다.

"그게 정말인가요?"

그녀의 최종목표는 전 세계에서 손꼽힌다고 해도 과언이
아닌 남자.

그 목표를 향해 끊임없이 달리고 있었지만, 최근 들어서
벽에 부딪친 느낌이었다.

의지가 조금씩 꺾이고, 포기해야 될지도 모른다는 생각
을 수없이 많이 했다.

그 의지를 강해가 지금 다시 세워주고 있었다.

강해는 단호하게 말했다.

"그래."

예리나는 기대감에 부푼 두 눈을 반짝였다.

"나보다는 강해질 수 없겠지만 말이지. 아무튼… 네가
걱정하는 것에 대한 대비도 되겠지. 특정한 상황이 발생했
을 때 계속 너를 지키면서 싸울 수는 없으니까."

강해는 씩 웃으며 말을 이었다.

"네 몸은 알아서 지킬 수 있을 정도로는 강해져야 되겠
지."

"그래서 계획은 어떻게 되는데요?"

"어차피 앞으로 24시간 붙어 있을 거니까, 훈련도 하면
서 여러 가지 일도 해야겠지. 아까 내가 언급했던 거에 대
해서도 알아봐야 되니 던전도 가능한 많이 들어갈 거고."

예리나는 고개를 끄덕거리다가 두 눈을 크게 뜨며 물었
다.

"네? 24시간 같이요? 그게 무슨 말이에요?"

"항상 붙어 있을 거라고 네 입으로 말했잖아? 그리고 지금 너 혼자 다니면 아마 일주일 안에 죽을 거다."

예리나는 이번에도 자신에게 선택권은 없다는 것을 확신했다. 필요한 것이기도 했고.

그녀가 물었다.

"정말 강해질 수 있겠죠?"

"당연하지."

"얼마나 빨리 강해질 수 있을까요?"

"글쎄… 한국에 너보다 강한 사람이 얼마나 있을까?"

"정말 강한 헌터들은 해외로들 많이 나가서… 그래도 천 명은 되겠죠?"

"내가 널 한 달 안에 국내에서 백 명 안에 들게 만들어주지. 시간이 더 지나면, 분명 더 강해질 수 있을 거고."

"정말요?"

예리나는 기대감에 부푼 두 눈을 반짝였다.

그렇다. 사람의 마음을 완전히 얻기란 쉽지 않지만, 적어도 그 관심을 끄는 것은 쉽다.

그 사람이 원하는 것을, 필요한 것을 내주면 되는 법이다.

그렇다고 강해가 그녀를 돕는 게 단순히 피해를 끼쳐서, 마음을 얻기 위해서는 아니었다.

예리나는 강해질 것이고, 강해의 훈련에도 도움이 될 것이 분명했다. 그 외에도 여러 이유들이 있었고.

예리나는 기대감에 눈을 반짝였다.

강해는 피식 웃으며 말했다.

"먹는 것부터 두 배로 늘려. 앞으로 활동량이 장난 아닐 테니까."

"알겠어요."

여태까지 착 가라앉은 모습만 보이던 예리나는 전에 없이 활발하게 식사를 했다.

강해는 고기를 하나 입에 넣고는 한쪽 입꼬리를 올렸다.

'신나게 굴려줘야지.'

15. 불과

만렙
버서
커

15. 불과

식사가 끝나고, 후식으로 나온 수박 두 조각과 시원한 매
실차를 앞에 두고 있을 때였다.

강해가 미소를 지으며 말했다.

"강해지게 해주는 대신 조건이 있어."

"어떤… 조건이요?"

"첫 번째, 내 훈련방식에 이의를 제기하지 말 것. 두 번
째, 나와 대련할 때는 죽일 각오로 할 것. 그리고…"

예리나는 그 조건들을 지킬 수 있다는 듯이 입을 다문 채
고개를 가볍게 끄덕였다.

강해가 말을 이었다.

"세 번째, 훈련의 종료 시기는 내가 정한다. 내 밑으로

들어오는 순간, 마음대로 벗어나지는 못할 거야."

예리나는 이미 강해와 한 배를 탄 운명공동체.

그녀가 말했다.

"어차피 지금은 따로 벗어날 수도 없고, 그럴 생각도 없어요."

강해는 씩 웃으며 말했다.

"그래… 그럼 마지막. 이건 세 번째와도 연관이 있는 건데, 네가 숨기고 있는 그것을 드러내야 될 거야."

예리나가 미간을 살짝 찡그렸다.

"그건 무슨 말이죠?"

"혼자서 간직하는 비밀이란 독이 되기 마련이지. 시간이 지나면 지날수록 곪기 시작할 거고, 결국 썩게 된다."

"……"

"아무 연관이 없다고 생각될 테지만, 네가 강해지는 것에도 분명 영향을 미친다."

그는 미소를 머금은 채 예리나를 빤히 쳐다보다가 말을 이었다.

"전부는 아니어도 그 최종목표가 어떤 형태일지는 대충알 것 같거든? 그에 대한 도움을 줄 수도 있는 부분이고… 더 이상 길게 말할 건 없지. 아무튼 모든 결정은 결국 네가 하는 거다."

예리나는 잠시 고민하는 듯하다가 이내 입을 열었다.

"무슨 말인지 알겠어요."

"그래, 그럼 일단 나가지."

강해가 밥값을 내려는 순간, 예리나가 카드를 내밀었다.

강해는 조금 놀랐다는 듯이 예리나에게로 시선을 옮겼다.

예리나가 말했다.

"아마 돈이라면 내가 당신보다 훨씬 많을 테니까요. 수업료로 해두죠."

강해는 피식 웃었다.

"잘 먹었다."

❖

두 사람은 우선 택시를 타고 서울로 향했다.

사당역 인근, 예리나가 물었다.

"이제 어디로 가실 거죠?"

"글쎄, 난 지금 집이 없어서."

"네? 집이 없다니요?"

"말 그대로야. 그래서 호텔에 있던 거고."

"……."

강해가 미소를 머금은 채 말했다.

"일단 너희 집으로 가지."

예리나는 무언가 말하려다 한숨을 내쉬고는 입을 뗐다.

"따라오세요."

그녀의 집은 양재동 외곽에 위치했는데, 한적한 곳이었다.

제법 커다란 방 세 칸짜리 단독주택을 사들여 개조해서 살고 있었다.

여자 혼자 사는 집으로 보이지는 않았다. 침대와 컴퓨터, 옷장 등이 있는 방을 제외하고는 훈련을 위한 공간이었으니까.

식사도 대부분 밖에서 해결하거나 인스턴트를 먹는 듯했다.

강해가 물었다.

"그때 호텔에는 왜 갔던 거지?"

"그냥 피곤해서 그쪽에 머물렀던 거예요. 식사도 제공되고."

그녀는 블랙마켓에서 거의 9성 최상급의 일들을 처리하며 헌터 생활을 해왔다.

평생 6성급 호텔에서 살 정도의 돈은 벌어들일 수 있었다.

예리나는 눈을 흘기며 말했다.

"일단 여기서 지내겠지만, 이상한 생각하시면 안 돼요."

강해는 피식 웃어 보였다.

두 사람은 현재 침대가 있는 방.

예리나가 말했다.

"다른 방에 매트 하나 들이면 되니까, 거기서 지내시면…."

그녀가 말을 마치기 전이었다.

타탁, 텅!

강해는 순식간에 그녀를 밀쳐서 침대에 눕혔다. 양쪽 손목은 오른손만으로 붙들어 제압했고, 하반신 역시 왼쪽 다리로 눌렀다.

예리나는 꼼짝도 할 수 없었고, 이내 미간을 찡그리며 마나를 끌어올리는 순간이었다.

"이상한 짓?"

강해가 말했다.

예리나는 잠시 마나를 끌어올린 채 그와 눈을 마주쳤다.

"지금 소꿉장난을 하자고 여기 온 게 아니야. 바로 나가서 훈련할 거니까 3분 안에 준비해."

강해는 두 눈을 똑바로 마주치며 말했다.

예리나는 두 눈을 깜빡거리다 천천히 입을 뗐다.

"알겠으니까… 비켜주세요."

강해는 그제야 일어나서 밖으로 나섰다.

예리나는 상체를 일으키고, 침대에 걸터앉은 채 손목을 어루만지며 강해의 뒷모습을 째려봤다.

예리나의 집 근처 공터였다.

늦은 밤이었고, 인적이 드문 곳이라 훈련을 하기에 나쁘지 않았다.

강해는 손을 가볍게 까딱거렸다.

"일단 그냥 덤벼봐."

예리나는 마나를 사용하지 않은 채 뛰어들었다.

그녀는 빠르게 주먹을 뻗고, 발길질을 했지만 단 한 번도 닿지 못했다.

더군다나 강해는 일정 범위 안에서 거의 움직이지도 않았다.

그는 미소를 머금은 채 고개를 천천히 끄덕거렸다.

"나쁘지 않구만."

예리나는 신체능력만으로는 강해를 따를 사람이 없겠다는 생각이 들었다. 그가 얼마나 강한지 그제야 알 것 같았다.

'이 사람이라면 정말⋯.'

그때 불청객이 있었다.

"더 강해지셔서 블랙마켓을 쳐부수려고 하시는 건가?"

짝, 짝, 짝, 짝, 천천히 박수를 치며 다가오는 남자, 그는 천우림이었다.

강해는 미간을 찡그린 채 그에게로 시선을 옮겼다.

허공에는 드론 세 대가 떠다녔다.

천우림이 말했다.

"내가 곰곰이 생각을 해봤는데⋯ 이대로 놔두면 또 말썽을 부릴 것 같아서 말이지⋯."

강해가 물었다.

"그 새 태도가 많이 달라졌네?"

"난 너 같은 놈들을 잘 알아. 분명히 또 사고를 칠 놈이지."

그는 수많은 범죄자들을 체포한 경력이 있다. 가까이서 그들을 수없이 지켜봤고, 특유의 분위기를 알고 있다.

강해는 범죄자들과 분위기는 달랐지만, 더 많은 이들을 죽였음은 확신했다.

그리고 무엇보다 싸우고 싶어서 견디기 힘들어하는 것을 알 수 있었다.

천우림은 고개를 좌우로 까딱이고는 말했다.

"아무튼… 경고를 좀 해줘야 될 거 같아서 말이지."

"경고? 무슨 경고? 아까 얘기는 끝났던 거 같은데?"

"그래, 얘기는 끝났지. 그러니까 이제 더 이상 헛짓거리를 못하도록 공포심을 좀 심어주려고."

강해는 두 눈을 번뜩이면서 입가에는 함박미소를 머금었다.

"공포? 네놈이 내게 공포를 심어준다고?"

"그래, 오늘은 경고차원… 그리고 또 일을 만들었을 때는 간단하게 안 끝낼 거다."

"지금 싸우자는 거지?"

강해는 두 주먹을 맞부딪쳤다.

"정당방위다?"

그는 대검을 예리나의 집에 두고 온 상태.

천우림은 그러한 점 역시 파악하고 있었다.

"미안하지만 무기를 가지러 갈 시간 따위는 주지 않을 거야."

팡!

그가 잿빛 마나를 뿜어내며 바닥을 박차고 튀어나갔다.

"일단 너부터!"

천우림이 노린 것은 강해가 아니라, 예리나였다. 예리나 역시 강해와 한패로 봤고, 경고가 필요한 대상이라고 여겼다.

그 경고란 힘의 차이와 고통을 안겨주는 것으로 공포심을 심어주는 것이었고.

"언제든 내가 지켜보고 있다는 것을 잊지 마라! 개수작을 부리면 언제든 내가 다시 너희들을 찾아올 거다."

천우림은 예리나에게 닿기 전, 오른손을 뻗었다.

'철구.'

그의 손끝에서 사슬이 뻗어나갔는데, 그 끝에는 지름 2m가 넘는 쇠공이 달려 있었다.

그 묵직함으로 말도 안 되는 속도, 예리나는 황급히 피하려 했지만 이미 늦은 상태였다.

하지만 그녀 또한 마냥 약하지 않기에 그 한 방으로 문제가 생길 리는 없었다.

'피바람.'

떠어어어엉—!

진한 피 냄새와 함께 붉은 피가 안개처럼 퍼졌다.

어느새 강해가 예리나의 앞에 서서 오른쪽 손바닥만으로 쇠공을 막아냈다. 그는 조금도 뒤로 밀려나지 않았다.

강해는 인상을 잔뜩 찡그렸다.

그는 분노했다. 특별한 기술을 쓴 것이 아니라, 순수하게 화가 치밀어 올랐다.

이전에도 은행에서 인질들을 잡으려 했던 오달영에게 조금의 자비도 베풀지 않았었다.

그는 전투에 있어서 비겁한 것을 싫어한다.

더군다나 자신과의 대결도 아니고, 다른 이를 노린 기습이라니.

"조금 아플 거다."

강해가 나지막이 말했다.

천우림은 양손을 들어 올리며 소리쳤다.

"지랄하네!"

'구속, 심판의 족쇄.'

그의 양손 위로 수많은 족쇄들이 떠올라 둥실거렸다.

"오늘을 평생 기억…."

천우림이 말을 마치기 전, 족쇄들을 움직이기 전이었다.

팡!

강해가 오른쪽 손바닥을 치켜든 채 그의 코앞으로 다가섰다.

짜아아아아아악—! 콰아아아아아앙—!

강해는 스파이크를 하듯 손바닥으로 그의 안면을 후려쳤다.

천우림은 그대로 머리부터 바닥에 처박혔다.

그의 머리는 심어지듯 바닥을 움푹 파고들어 있었다.

단 한 방, 그것도 뺨을 후려치는 것으로 싸움을 끝냈다.

나뎃보다도 강한 천우림이었지만, 강해에는 한주먹거리에 불과했다. 정확히는 싸대기였지만.

예리나는 천천히 다가가다 걸음을 멈추고 말았다. 강해의 표정이 너무나 매서웠고, 그 분노에 두려움마저 느꼈다.

강해는 숨을 길게 내쉬며 분노를 가라앉히려 애썼다.

'좀처럼 안 되는구만…'

전투가 더 필요했다.

'이거 곤란한데.'

예리나는 분위기로 눈치 채고는 말했다.

"저 사람은 구급차가 실어가도록 처리할게요. 먼저 덤벼든 거니 우리한테 문제는 아무것도 없을 거예요. 그리고 다시 훈련을…."

강해가 그녀의 말허리를 잘랐다.

"구급차나 불러. 지금 훈련은 못해."

"네? 왜요?"

"지금 나랑 훈련하면 너 죽어."

그는 무덤덤하게 툭 던지듯 말했지만, 예리나는 그것이

결코 그냥 하는 말이 아님을 확신했다.

예리나가 구급차를 부르는 동안 강해는 휴대폰으로 무언가를 열심히 찾고 있었다.

"다 됐어요."

예리나가 구급차를 부른 뒤 말했다.

강해는 휴대폰을 주머니로 집어넣고는 곧바로 걸음을 뗐다.

"가자."

"어디를요?"

"던전."

그는 빠르게 걸음을 옮겼다. 끓어오르는 분노를 식힐 것이 필요했다.

예리나는 더 이상 말을 보태지 않은 채 순순히 뒤를 따랐다.

강해는 그녀를 힐끗 보고는 다시 전방으로 고개를 돌리며 미간을 찡그렸다.

'몬스터하고도 붙여야 되는데, 그러기는 글렀군. 그래도 잘됐어. 어차피 10성급 던전에서 확인할 것도 있었고, 모든 몬스터들을 죽인 다음 그곳에서 잠깐 훈련을 진행해도 되겠지.'

그는 앞으로 던전에 많이 드나들 것을 계획하고 있었다.

두 사람은 강해가 진입 신청을 한 10성급 던전 앞에 다다랐다.

근처의 야산에 위치한 곳이었다. 강해가 지금까지 접했던 던전들과는 다르게 마치 건물의 입구만 잘라놓은 듯한 모양새였다.

연회색으로 이뤄진 입구는 고대로마 시대의 느낌이 진했다.

보다 던전 다운 던전이었다.

10성급 이상이라고 하여 반드시 정돈된 모양이라는 법도 없고, 동굴 같은 느낌이라는 법도 없지만.

강해는 아무런 망설임 없이 던전 안으로 들어섰고, 예리나가 그 뒤를 따랐다.

두 사람의 머릿속에 동일한 문구가 떠올랐다.

〈던전 안의 몬스터를 모두 처리하세요. 그리고 더 강해지세요!〉

강해는 미간을 살짝 찡그렸다.

'더 강해지라고?'

그는 걸음을 떼며 분노를 가라앉히려 애썼지만, 가라앉지 않았다.

'일단 한바탕 벌려야겠어.'

던전 안쪽은 잘 다듬어진 건물 안과 같았다. 벽과 천장 등에서 은은한 빛이 뿜어져 나와 어둡지는 않았다.

예리나가 걱정스러운 목소리로 물었다.

"괜찮아요? 아까부터 한마디도 없어서…."

강해는 애써 웃어 보였다.

"여기 들어서면서 하는 말 들었지? 더 강해지란다. 노력
해."

예리나는 가볍게 눈을 흘겼다.

강해는 농을 건네긴 했지만, 끓어오르는 분노는 가라앉
을 기미가 보이지 않았다.

그는 후— 하고 길게 한숨을 내쉬었다.

두 사람은 던전의 더 깊은 곳으로 걸음을 옮겼다.

강해가 말했다.

"안 되겠어. 조금 빨리 움직이지."

"네? 네, 그래요."

두 사람이 속도를 높여 뛰기 시작하려는 순간이었다.
지나온 길, 뒤쪽에서부터 무언가 달려오는 소리가 들렸
다.

많은 숫자였다. 예리나는 몸을 돌리고 경계하며 인상을
찡그렸다.

강해는 아직 몸을 돌리지 않고 있었다. 그는 들려오는 소
리로 달려오고 있는 것들의 정체를 알 수 있었다.

'이건 분명… 인간이다. 설마….'

그는 천천히 몸을 돌렸다.

"제 발로 무덤에 기어 들어오셨구만!"

아는 얼굴이었다.

'검에 산다' 클랜 소속의 강준현이었다. 함께 몰려온 남
자들과 여자들 역시 같은 클랜이었다.

강해가 10성급 헌터가 됐고, 그가 경기도 화성의 블랙마켓을 처리했다는 걸 알고 추적한 것이다.

강준현이 미소를 머금은 채 말했다.

"큰 사고를 치고 다녔으니… 그 대가를 치러야 하지 않겠어?"

강해는 중얼거리듯 나지막이 말했다.

"나를 따라 여기 들어온 건… 네놈들의 실수다. 하필이면 이런 식으로 나타나다니."

그는 전투에 있어서 비겁한 것을 싫어한다.

개인의 이득을 위해서이기도 하고, 강해와 예리나의 경우 다른 이유로 던전에 들어섰다.

하지만 헌터들이 던전에 들어서는 근본적인 이유는 일반인들의 피해를 방지하기 위해 몬스터들을 죽이는 것이다.

그런 곳에 들어서서 자신들의 목적을 위해 기습이라니.

비겁하고, 비겁했다.

기름이 되어 끓고 있는 강해의 분노에 불을 지핀 것이다.

강해는 이가 부서져라 빠드득 갈았다.

그의 두 눈이 붉게 번쩍였고, 전신에서 붉은 기운이 이글이글 타올랐다.

'분노의 화신.'

하아아아아아……

강해가 길게 한숨을 내쉬었는데, 폭주기관차를 사용했을 때처럼 하얀 김이 뿜어져 나왔다.

하지만 달랐다. 그저 분노를 활활 태우며 발생하는 열기였다.

예리나는 위험을 직감하고는 거리를 벌렸다.

강해가 나지막이 말했다.

"계속 거기… 떨어져 있어라."

예리나는 한쪽 벽에 바짝 붙어서는 고개를 끄덕이는 것으로 대답을 대신했다.

강준현은 인상을 찡그린 채 코웃음을 쳤다.

"저건 또 무슨 허세야? 압력밥솥이냐?"

현재 강해는 어떠한 기술을 쓴 것이 아니기에 조금의 마나도 드러내지 않았다.

평소에는 분노를 의도적으로 끌어올리고, 마나처럼 사용한다. 실제로 마나가 조금 섞이기도 하기에 최약체 수준이지만 마나가 드러난다.

지금은 달랐다. 억누르려 해도 억누를 수 없는 감정적인 분노였다.

마나를 사용해 전투를 할 때도 실제 감정에 영향을 미치고, 버서커가 되며 항상 열이 받아 있는 상태이긴 했지만.

분노의 화신이 되었을 때의 강해는 평소와는 분명히 다르다. 굳이 비슷한 상황을 찾자면 폭주와 비슷하다고 볼 수 있다. 반드시 쌓인 분노를 쏟아내야 한다는 점에서 그렇다.

하지만 스스로 끌어올린 분노로 폭주하는 것과 쌓인 분노를 풀어내지 못해 분노의 화신이 되는 것은 분명히 다르다.

분노의 화신이 된 경우가 더 나쁘다.

웬만해서는 진정이 안 되고, 자칫 잘못했다가는 말 그대로 통제 불능이 된다.

강해가 평소에 명분을 찾고, 나름의 기준점을 잡으며 행동하고, 화가 쌓이는 대로 빨리 풀어내는 이유였다.

그는 강준현을 포함한 '검에 산다' 클랜을 향해 나지막이 말했다.

"미안하다. 지금부터 일어날 일들은 전부… 지극히 개인적인 감정에 의한 것이니…."

강준현은 인상을 구기며 검을 빼들었다.

"저 새끼… 죽여!"

'검에 산다' 클랜원들이 일제히 달려들려고 할 때, 한 남자가 목소리를 높였다.

"잠깐!"

그는 앞으로 나서서는 미소를 지어 보였다.

"고작 저런 놈을 상대하는데 다들 나설 필요는 없지.

내가 상대하겠어."

'검에 산다' 클랜은 국내에서 제법 큰 규모를 가지고 있었다. 클랜장과 부클랜장을 제외하고는 굳이 서열을 따지지 않지만, 강준현은 다섯 손가락 안에 드는 남자.

던전 안으로 함께 몰려온 이들은 전부 그의 측근들이었다.

최소 8성에서 9성을 넘나드는 이들.

앞으로 나선 남자는 8성 중급 정도였다.

강준현이 피식 웃으며 말했다.

"저놈이 아무리 우습게 보여도 너한테는 무리야, 인마…
뒤로 빠져."

남자는 허리춤에 찬 언월도를 빼들어 보이며 말했다.

"걱정 마십시오. 제가 이걸로 그냥…"

그가 말을 마치기 전이었다.

텅!

강해가 땅을 박차고 튀어나갔다.

남자가 그 소리에 반응해 고개를 돌리는 순간이었다.

강해의 손이 그의 안면을 덮었다.

콰아앙—!

그는 그대로 남자를 뒤통수부터 바닥에 처박았다.

콰콰콰콰쾅!

강해는 남자의 뒤통수로 바닥을 그으며 다른 이들을 향해 집어던졌다.

너무 순식간에 일어난 일이라 다른 헌터들은 남자가 날아올 때가 돼서야 반응했다.

던져진 남자는 다른 헌터의 품으로 날아갔다. 받아낸 헌터는 그대로 함께 날아가 바닥을 굴렀다.

강준현이 크게 소리쳤다.

"저 새끼 죽여—!"

모든 헌터들이 동시에 달려들었다.

강준혁 역시 기다란 장검을 빼들고 바닥을 박차고 이동했다.

'검에 산다' 클랜원들은 전부 검을 주 무기로 사용한다.

각양각색의 날붙이들은 전부 강해의 목을 노렸다.

강해는 입술을 한 번 실룩인 뒤, 정면으로 뛰어들었다.

정면으로는 양손에 푸른빛 소검을 든 남자가 뛰어오른 상태였다.

그는 전신에서 주황빛 마나를 뿜어냈고, 양손의 소검까지 함께 타오르는 듯했다.

'달구어지다.'

그의 전신과 소검은 불에 달궈진 듯 주황빛으로 빛났다.

강해는 아랑곳 않았다.

쩍!

그의 오른쪽 주먹이 남자의 안면 중앙에 꽂혔다. 옆에서 본 헌터들은 경악을 금치 못했다.

강해는 마나도 느껴지지 않고, 어떤 기술도 쓰지 않았다.

헌데 그의 주먹은 남자의 안면 반 이상을 파고들었다.

주황빛으로 물들었던 남자는 원래대로 돌아와 양손에서 소검을 놓치고, 피범벅이 된 얼굴로 힘없이 쓰러졌다.

강해의 손에는 생채기조차 남지 않았다.

양옆에서 두 남자가 검끝으로 옆구리를 노렸다.

강해가 양손을 양옆으로 크게 휘둘렀다.

쩌정!

그의 양쪽 옆구리로 향하던 검 한 자루가 부러졌다. 다른 한 자루는 쥐고 있던 헌터가 놓쳐 바닥에 내팽개쳐졌다.

강해는 아직 양손으로 부러진 검을 쥐고 있는 남자를 향해 몸을 돌렸다.

으드득!

"끄아아아아—!"

강해가 우악스러운 손으로 검을 쥐고 있는 남자의 손을 움켜쥐어 부순 것이다.

남자는 양손의 뼈가 전부 부서져 검을 손에서 놓지도 못했다. 정확히는 강해가 억지로 잡고 있었지만.

강해는 그대로 검과 남자를 통째로 휘둘렀다.

"커헉…!"

부러진 검끝이 검을 놓쳤던 남자의 목 옆을 꿰뚫었다.

그때 뒤에서 강준현이 검을 크게 휘둘렀다.

'바람 베기.'

날카로운 바람 소리와 함께 남색 마나가 칼날처럼 날아들었다.

강해는 몸을 빙그르 돌리며 붙들고 있던 남자를 그대로 집어 던졌다.

부러진 검날에 목을 찔렸던 남자는 그대로 상처가 크게 찢어지며 쓰러졌다.

던져진 남자는 그대로 강준현의 바람 베기에 반토막 나고 말았다.

"이 새끼가!"

강준현이 분노한 목소리를 높였다.

바람 베기는 남자를 자른 채 강해에게로 향했다.

팡!

강해는 오른쪽 주먹을 크게 휘둘러 맞받아쳤다. 그는 신체의 강인함 그리고 주먹을 휘두르며 만들어낸 풍압으로 바람 베기를 없앴다.

하지만 주먹 전면에는 길게 베인 자국이 남아 피가 뚝뚝 흘렀다.

그때 사방에서 온갖 기술들이 날아들었다.

'크로스 스윙.'

'토네이도 슬래쉬.'

'스트라이크.'

'스팅거.'

'참수.'

퍼퍼퍼퍼퍽!

강해는 모든 기술들을 몸으로 받아냈다.

날붙이들이 그의 피부를 파고들었다.

마치 두껍고 질긴 가죽처럼 잘 베이지 않았다.

살갗의 겉면만 살짝 베여 피를 머금는 정도였다.

강해는 충분히 피하거나 반격할 수 있었지만, 일부러 맞았다.

머리가 분노로부터 식길 바란 것이다.

분노의 화신일 때와 폭주의 가장 큰 차이점이 여기 있었다.

폭주는 싸움을 멈출 수는 없지만, 온갖 기술들을 퍼부으며 힘을 조절할 수 있다.

분노의 화신은 싸움을 멈출 수도 없고, 기술의 컨트롤이 불가능하다. 기술을·쓰는 것 자체도 쉽지 않고, 쓴다 하더라도 그 위력의 조절이 안 된다.

강해가 분노를 식히는 방법으로 가장 좋은 것은 전투.

약한 상대더라도 천천히 전투를 곱씹으며 즐겼을 때 효과적으로 분노를 가라앉힐 수 있다.

혹은 아주 강력한 상대를 만나 위기감을 느낀다면 상태를 호전시킬 수 있다.

분노는 그대로일지라도 분노의 화신 상태에서 벗어나 폭주나 그에 상응한 상태로 전환이 가능케 한다.

강해는 기술들을 몸으로 받아내고, 피라도 좀 흘리면 상태가 나아질까 싶었다.

하지만 오히려 화만 돋웠다.

"여기가 네놈들 무덤이다."

강해를 공격했던 헌터들은 다시 무기를 치켜들며 후속타를 준비했다.

그들은 우렁차게 소리를 질렀다. 그것은 힘을 내기 위한 기합이 아니라, 공포를 잊기 위함이었다.

콰콰콰콰쾅!

강해가 사방으로 주먹을 날렸다. 헌터들 중 누구 하나가 무기를 휘두르는 속도보다 그가 혼자서 모두를 공격하는 게 더 빨랐다.

그가 주먹을 한 번 뻗을 때마다 두개골이 부서지고, 어깨가 으스러졌으며, 목이나 가슴 한 가운데가 움푹 들어갔다.

어느새 강준현을 포함해 남은 헌터들의 숫자는 여덟 명.

그들은 일자로 진형을 짜고 두 눈을 번뜩였다.

"반드시 죽여야 된다."

강준현이 인상을 구긴 채 말했다.

'검에 산다 일자진형, 휩쓸기.'

여덟 명이 동시에 강해를 향해 돌진했다.

강해는 두 주먹을 꽉 쥔 채 입을 굳게 다물고 있었다.

헌터들은 서로가 서로의 어깨가 닿을 정도로 거리를 좁히고는 강해를 둘러싸듯 모여들어 칼을 휘둘렀다.

각양각색의 마나들이 하나로 이어져 파도처럼 출렁거렸다.

강해는 오른쪽 주먹을 뒤로 길게 당겼다.

전방의 헌터들이 검을 휘두르는 순간, 강해의 주먹은 가장 오른쪽에 있는 남자의 얼굴 왼쪽에 닿았다.

뻐버버벅! 깡! 빠바박!

강해는 그들을 줄 세워 놓고 후려치듯 한 번의 주먹질로 안면을 후려쳤다.

강준현만이 검을 휘두르는데 성공해 막아냈다.

나머지 일곱 명은 고개가 오른쪽으로 홱 돌아가서는 쓰러졌다.

강준현이 검의 손잡이를 얼굴 옆으로 바짝 당기고, 검끝은 강해를 겨눴다.

"이 빌어먹을!"

'3단 찌르기.'

그의 검술은 기본에 충실하면서도 마나의 운용을 효과적으로 하여 빠르고 강했다. 또한 일격에 베어내거나, 무조건 급소만을 노리니 치명적이었다.

강준현의 3단 찌르기는 안면 중에서도 특히 눈, 목 중에서도 특히 울대뼈, 가슴에서도 심장이 있는 곳을 노렸다.

세 곳을 동시에 찌르는 듯한 빠른 공격이며, 한 군데라도 당했다간 치명적이었다.

깡! 깡! 깡!

강해는 그의 검끝을 주먹으로 맞받아쳤다.

[쾌속의 장검]
민첩성 : + 91

강준현은 자신의 검끝이 다 상해서 뭉툭해졌음을 느꼈다.

'미친… 대체 몸이 어떻게 만들어진 거야?'

강해는 주먹으로 막아낼 때마다 살갗이 완전히 꿰뚫렸지만, 절대 부러지지 않는 뼈의 튼튼함이 막아냈다.

통증 따위는 없었다. 그를 훨씬 앞서는 분노가 머릿속을 지배했으니까.

강해는 전투 내내 약간의 어지럼증을 동반한 뒤통수의 저릿함이 성가실 뿐이었다.

강준현은 이를 악물고 검을 옆으로 들었다. 복부를 벨 생각이었다.

강해가 순식간에 바짝 다가서서 말했다.

"너는 조금 길게 데리고 놀아주지."

강해의 오른쪽 주먹이 사선에서부터 강준현의 턱 왼쪽을 후려쳤다.

쩍!

"크윽!"

강준현은 한 방에 두 다리의 힘이 풀리면서 주저앉으려 했는데, 강해가 그렇게 놔두지 않았다.

터텅! 터터텅!

데리고 놀듯이 손끝으로 턱을 계속해서 올려쳤다.

강준현은 눈앞이 계속해서 번쩍거리며 흔들렸다. 조금만 집중력이 흐트러지면 정신을 잃을 것 같았다.

'이, 이런… 말도 안 돼….'

그는 그 와중에도 오른손에 검을 꽉 쥐고 있었다.

'죽인다.'

강준현이 오른팔을 옆으로 길게 뻗는 순간, 그림자가 그의 얼굴 위로 드리웠다.

그의 두 무릎이 바닥에 닿았고, 오른손에 쥔 검은 휘두를 준비가 돼 있었다.

하지만 강해의 손이 그의 위에 드리웠다.

쩌억—! 쿵!

강해는 손바닥으로 그의 안면을 내리찍어 뒤통수부터 바닥에 처박았다.

"아직 멀었다."

강해가 그의 뒤통수를 바닥에 그으며 전진했다.

콰콰콰콰콰!

강준현은 오른손에 쥔 칼을 휘두르려 했지만, 몸이 말을 듣지 않았다.

콰앙!

강해가 안면에서 손을 떼는 동시에 오른발로 복부를 걸어찼다.

강준현은 그대로 날아가 벽에 부딪쳤다.

"크훅!"

그는 폐병 환자처럼 기침을 하다가 칼끝으로 바닥을 찍고 겨우 몸을 일으켰다.

"이… 빌어먹을… 이건 말도 안 돼."

지켜보고 있던 예리나도 동감하는 바였다.

강해는 지금까지 어떠한 기술도 쓰지 않았다. 마나를 끌어올린 적도 없다.

그 상태로 전부 쓸어버린 것이다. 그마저도 강준현은 금방 죽지 않도록 힘을 조절하기 위해 최선을 다하는 중이었다.

강해는 인상을 잔뜩 구기고 입술을 실룩였다.

전투를 길게 이어가며 분노를 삭이는 것이 목적인데, 힘을 억제하면서 때리니 화가 사그라들지 않았다.

그렇다고 진심으로 후려쳤다간 한 방에 죽을 것이고, 전투가 부족하다.

강준현은 검을 양손으로 꽉 쥐고 일어나 피가 나도록 입술을 깨물었다.

"말도 안 돼… 이건 말도 안 돼! 이럴 리가 없어! 어디서 듣도 보도 못한 놈이! 어떻게 마나도 쓰지 않고….."

강해가 그의 말허리를 잘랐다.

"너 같은 놈들은 꼭 그러지… 자신이 상당히 특별한 줄 알아. 세상이 불공평하다는 것을 인정 못하고, 자신만은 다를 거라 생각하지."

강해는 슬슬 끝을 내기 위한 발걸음을 옮겼다.

"그래도… 마지막까지 자신이 틀렸다곤 생각하지 않으니 후회는 없겠구만. 죽어라."

그때 위화감이 느껴졌다.

강해는 느껴본 적이 있는 그 느낌에 눈썹을 찡그렸다.

'이 느낌은 설마….'

그는 그 감각에 당황하면서 여러 가지 생각이 머릿속을 어지럽혔다.

'예상대로인가?'

'그나저나 아직 싸울 수 있다니 다행이야.'

'그래, 맞아… 지금 여기는 던전이었지.'

'분노에 눈이 가려져 판단력이 흐트러졌어.'

예리나가 다급하게 소리쳤다.

"몬스터예요!"

강준현 역시 강해의 뒤쪽으로 시선이 옮겨져 있었다.

강해는 천천히 몸을 돌렸다.

놈은 여유가 묻어나는 걸음을 천천히 옮기며 다가왔다.

키는 약 2m, 어두운 회색 피부에 둔해 보이는 뚱뚱한 몸에는 조끼 형태의 검은색 갑옷을 둘렀다.

검은 복면을 뒤집어쓰고 있었는데, 눈과 입이 있는 부위만 뚫어놨다.

두 눈에는 눈동자가 없었고, 치열은 엉망이었다.

가장 눈에 띄는 점이라면 손목 아래로 양손 대신 사각진 검은 망치가 달려 있었다.

[블랙해머]
종족 : 마족
특성 : 해머
잠재력 : 999

❖

강해는 그제야 능력치에 종족이 있는 이유를 알 것 같았다.

'이런 식인가…'

다른 종족이란 그것은 마족.

강해의 미간에 깊은 주름이 생겼다.

'예상대로구나… 설마 했는데 진짜 이런 식으로…'

강해는 눈앞에 있는 블랙해머를 본 적은 없다. 하지만 굳이 능력치를 보지 않아도 그 특유의 느낌으로 마족임을 알 수 있었다.

더 판타지아에 있을 때 마족과는 전쟁을 벌이기도 했으니까.

지금 세상에서는 마족 또한 그저 몬스터로 치부하고 있었다.

사실 외형적으로 마족과 몬스터를 완전히 구부분 짓기란 불가능에 가깝다.

몬스터 중에서도 인간형에 가까운 놈들이 있고, 마족 중에서도 짐승에 가까운 놈들이 있으니까.

하지만 이들은 분명히 다르다.

마족은 몬스터들이 짐승처럼 지능이 있다는 정도에 그치지 않는다.

놈들은 생각한다. 인간과 지능의 차이가 없다.

마족은 몬스터처럼 인간을 단순히 먹잇감으로 여기는 것이 아니라, 정복의 대상으로 본다.

지금 세상에서 헌터들에게 마족은 지능이 높은 몬스터에 지나지 않지만, 강해는 그리 간단한 문제가 아니라 확신했다.

'아무튼… 일단 저거부터 처리해야겠군.'

그때 강준현이 몸을 돌려 던전 밖을 향해 뛰기 시작했다.

'저 새끼가….'

그때 블랙해머 역시 움직였다.

강해가 소리쳤다.

"아직 네가 상대할 수준의 놈이 아니다. 뒤로 빠져 있어!"

그는 말을 마치는 동시에 강준현의 뒤를 쫓아 튀어나갔다.

예리나는 강해의 말을 듣고는 블랙해머와 거리를 벌렸다.

블랙해머는 두 눈을 희번덕거리며 불쾌한 웃음을 흘렸다.

강준현은 이미 강해에게 많은 공격을 당해 정상이 아닌 상태, 도망치는 것은 무리였다.

"어딜 가나…."

강해가 왼손으로 그의 뒷덜미를 붙잡았다.

강준현은 곧바로 몸을 돌리며 오른손에 쥔 검을 휘둘렀다.

턱.

강해는 그가 검을 제대로 휘두르기도 전, 팔꿈치 뒤를 오른손으로 잡아 막아냈다.

콰앙!

"커헉!"

강해가 그의 오른팔과 뒷덜미를 잡은 채 벽에 처박았다.

콰콰콰콰콰콰콰콰콰콰콰!

강해는 그를 벽에 처박은 채 달리기 시작했다.

강준현은 안면과 몸의 전면이 벽에 갈리며 비명을 지르는 것 말고는 할 수 있는 게 없었다.

예리나를 뒤쫓던 블랙해머는 그 굉음에 강해 쪽으로 시선을 옮겼다.

강해가 두 눈을 번뜩였다.

후웅―!

그는 강준현을 그대로 블랙해머를 향해 집어던졌다.

쿠우웅―!

블랙해머는 망치처럼 생긴 손으로 자신에게 날아오는 강준현의 머리를 정확히 내려찍었다.

망치는 그대로 그의 머리를 바닥까지 처박아 터트렸다.

놈은 둔해 보였지만, 망치처럼 묵직한 손도 빠르게 휘둘렀다.

수치로 따지자면 민첩성이 1,000이었다.

강준현이 완벽한 컨디션이었다면 혼자서도 블랙해머와 호각을 겨뤘을 것이다.

하지만 그는 곤죽이 돼 있었고, 강해는 죽으라고 블랙해머에게 던진 셈이다.

블랙해머는 똑바로 서서는 입가에 미소를 머금은 채 강해를 쳐다봤다.

강해는 아무런 망설임 없이 놈을 향해 걸음을 내디뎠다.

'지능은 딸리는 놈이군.'

마족은 하급일수록 지능이 낮다. 강대한 힘을 가진 놈들 중에서도 지능이 낮은 놈들이 있긴 하지만 조금 멍청할 뿐이지, 블랙해머처럼 자의식이 없다시피 하지는 않다.

둘의 거리가 5m 안팎으로 좁혀졌다.

예리나는 지원을 하려는 듯 마나를 끌어올렸는데, 강해가 멈추게 했다.

"끼어들지 마라."

예리나는 곧바로 마나를 가라앉혔다. 미간을 찡그린 채 지켜보고 있는 수밖에 없었다.

강해와 블랙해머는 서로의 거리가 1m도 채 되지 않을 때까지 공격하지 않았다.

블랙해머는 입가에 미소를 잔뜩 머금은 채 거친 숨과 함께 기분 나쁜 웃음소리를 냈다.

"키힉, 히익— 힉! 히힉!"

강해와 블랙해머가 동시에 움직였다.

블랙해머가 망치와 같은 오른손을 치켜들었고, 강해 역시 오른쪽 주먹을 휘둘렀다.

떠어어어엉—!

둘의 오른손이 맞부딪쳤는데, 마치 거대한 쇳덩이 두 개가 부딪친 듯한 굉음이 울렸다.

힘은 강해가 우위였다.

블랙해머의 오른손이 위로 튕겨져 나갔다.

놈은 자신의 묵직한 오른손이 튕겨져 나간 것을 이해할 수 없었지만, 아랑곳 않고 여전히 미소를 지으며 왼손을 휘둘렀다.

떠어어어엉—!

강해는 왼쪽 주먹으로 놈의 손을 맞받아쳐 다시 튕겨냈다.

"그나마 좀 낫군… 그래도 부족하다만."

그의 분노는 제법 가라앉아 있었다.

블랙해머의 양손은 튕겨져 나가 만세를 하고 있는 모양이었다.

놈은 그대로 두 주먹을 동시에 수직으로 휘둘렀다.

강해는 왼발을 앞으로 내디디며 오른쪽 주먹을 당겼다.

터어어어어어어엉—!

그의 주먹이 놈의 복부에 꽂혔다.

블랙해머는 그대로 쭉 날아가 벽에 처박혔다.

쿵—!

놈은 타고난 신체의 강함도 있었고, 갑옷까지 두른 덕분에 한 방에 죽지 않았다.

"끄흑! 크흐흑!"

블랙해머는 즐겁다는 듯이 웃으며 몸을 일으키려 했는데, 그때는 이미 강해가 무릎을 내세운 채 눈앞으로 날아들고 있었다.

쾅! 콰지지직!

강해의 무릎이 놈의 오른쪽 눈이 있는 부위를 찍었다.

블랙해머는 오른쪽 안와가 부서지다 못해 완전히 짓이겨졌다.

강해가 바닥에 착지했을 때, 놈은 한쪽 얼굴이 완전히 찌그러진 채 입에 거품을 물었다.

"키히익…!"

강해는 인상을 찡그린 채 오른쪽 주먹을 치켜들었다.

콰아아아아아앙—!

그가 놈의 왼쪽 눈을 후려쳤다.

놈은 왼쪽 안와마저 다 부서져 움푹 들어갔고, 뒤통수는 벽에 처박힌 채 몸을 축 늘어트렸다.

'아직 부족하다.'

블랙해머는 죽었지만, 강해는 분노의 화신 상태에서 벗어날 수 없었다.

그때 묵직한 발걸음 소리가 연이어 들려왔다.

강해와 예리나의 시선은 던전 안쪽으로 옮겨졌다.

블랙해머 여덟이 뒤틀린 치열을 드러낸 채 웃으며 달려오고 있었다.

예리나는 두 눈을 크게 뜨며 경악을 금치 못했다. 그 모습이 끔찍하기도 했고, 지금 그녀로서는 하나도 감당하기 힘들었으니까.

강해는 두 눈을 번뜩였다.

'아아… 저 정도면 충분하겠어.'

평소와는 달리 싸울 수 있음에 기뻐하지는 않았다. 그저 계속해서 치밀어 오르는 분노를 가라앉힐 것이 필요할 뿐이었다.

쿠쿠쿵.

강해는 오른손을 뻗어 방금 죽인 블랙해머의 오른쪽 손목을 움켜쥐었다.

블랙해머 여섯 놈이 강해를 향해 몰려왔고, 나머지 둘은 예리나를 향해 움직였다.

'비천격.'

강해는 죽은 블랙해머의 오른쪽 손목을 잡은 채 뛰어올랐다.

육중한 놈의 몸은 옷에 붙은 실오라기처럼 그가 움직이는 대로 따라 움직였다.

콰아아아아아앙—!

그는 죽은 블랙해머의 오른손을 휘둘렀다.

그 망치가 한 놈의 머리를 내리찍으며 바닥까지 닿았고, 그 충격으로 주변의 다섯 놈이 뒤로 나자빠졌다.

하아아아아아아……

강해는 길게 숨을 내쉬었다. 분노의 화신 상태에서 벗어난 것이다.

뒤로 쓰러졌던 블랙해머 다섯 놈이 벌떡 일어나 전부 만세를 하듯 양손을 치켜들었다.

강해는 놈들에게 조금의 관심도 주지 않았다.

그의 시선은 예리나를 쫓는 두 놈에게로 옮겨졌다.

'블루, 헤이스트.'

예리나는 몸의 속도를 높이고 벽을 박차고 뛰어올라 놈들을 피하고 있었다.

강해를 둘러싼 블랙해머들이 양손을 크게 휘두르는 순간이었다.

'폭주기관차 기어 3단, 폭발, 피바람.'

퍼엉!

쿠쿠쿠쿵―!

블랙해머 넷의 양손이 바닥을 내리찍었다.

진한 피비린내, 뿌연 안개와 같은 피가 하늘거렸다.

강해는 사라져 있었다.

블랙해머 한 놈은 머리가 사라진 채 뒤로 쓰러져 있었다.

강해가 피바람과 함께 폭주기관차 기어 3단으로 순간적인 폭발을 일으켜 추진력을 가하는 순간이었다.

그의 등 뒤에 있던 놈은 추진력을 위한 폭발로 인해 즉사했다.

강해는 살짝 뛰어올라 예리나를 쫓는 블랙해머 두 놈의 뒤통수에 양손을 가져다 댔다.

'폭주기관차 3단, 폭발.'

퍼엉!

그의 양쪽 팔꿈치에서 폭발이 일어나며 추진력이 가해졌다.

강해는 블랙해머 두 놈의 머리로 박수를 치듯 모았다.

놈들의 안면과 안면이 맞부딪쳤다.

콰자작!

두 놈의 머리가 맞부딪쳤는데, 그 크기는 한 놈의 것과 같았다.

안면이 전부 박살나고, 서로의 머리를 파고들며 붙어버리며 즉사했다.

강해가 바닥에 착지하며 손을 떼자 두 놈은 안면을 맞붙인 채 쓰러졌다.

쿠쿵.

뒤에서 나머지 블랙해머 넷이 몰려왔다.

놈들은 동족의 죽음 따위는 안중에도 없는 듯 입가에 미소를 짓고 있었다.

강해는 미간을 찡그렸고, 손바닥을 보이며 오른손을 들어 올렸다.

'격노, 투혼, 블러디 홀.'

그의 오른쪽 손바닥에 작은 생채기들이 생겨남과 동시에 전방에 있는 것들을 빨아들이는 피의 블랙홀이 생겼다.

콰콰콰콰콰콰콰콰—!

블랙해머 넷 전부 그의 손아귀로 빨려들기 시작했다.

놈들 역시 이대로 빨려들면 위험하다는 것을 감지하고는 벗어나려 했다.

하지만 이미 달려오면서 스스로 거리를 좁힌 상태인지라 벗어날 수 없었다.

그나마 가장 뒤에 있는 놈 하나는 앞장서던 놈들의 등짝을 걷어차며 뒤로 몸을 날려 벗어났다.

콰득! 콰드득! 우둑! 뿌드득! 콰지직!

블랙해머 세 놈의 육중한 몸이 압축되듯 뒤틀리기 시작했다.

하지만 놈들을 손쉽게 당하지 않았다.

전신의 근육과 뼈가 뒤틀리면서도 손을 휘두르려 했다.

강해는 입가에 미소를 머금었다.

'레이지 임팩트.'

퍼어어어어엉—!

그의 손바닥에서 충격파가 나갔고, 뭉쳐 있던 블랙해머 세 놈의 몸이 터지며 사방으로 흩어졌다.

이제 남은 블랙해머는 단 하나였다.

강해는 피와 분노를 거두고는 입가에 미소를 머금었다.

"이제 하나 남았나…."

마지막 남은 놈은 여전히 입가에 미소를 머금고 있었다.

놈은 분노한 것처럼 망치와 같은 양손을 맞부딪치며 위협했다.

쩡! 쩡! 쩡! 쩡! 쩡! 쩡!

하지만 놈은 여전히 웃고 있었다.

웃는 것 말고 다른 표정을 지을 줄 모르는 것이었다.

강해는 장검을 주워들었다. 죽은 강준현의 것이었다.

그는 마나를 끌어올렸다.

'광마의 사지.'

검은 마나가 타오르듯 일렁였다.

블랙해머는 눈앞의 인간에게서 조금 전과 같은 위압감이 사라졌음을 느꼈다.

"키힉! 키히힉!"

놈은 한 번의 발돋움으로 거리를 좁혀 양손을 치켜들었다.

강해는 장검으로 놈의 망치를 맞받아쳤다.

쩅!

검이 부러졌다.

'이런.'

쾅!

블랙해머의 오른손은 강해의 머리를, 왼손은 오른쪽 어깨를 후려쳤다.

치이이이익.

강해는 옆으로 쭉 미끄러져서는 머리에서 피를 흘렸다.

'묵직하구만….'

예리나가 소리쳤다.

"뭐하는 거예요?"

강해는 그녀의 말을 귓등으로도 듣지 않았다.

'좋아….'

방금 맞부딪친 것으로 그의 정신력과 주문력이 각각 10씩 늘어났다.

강해는 자신이 손에 쥐고 있는 검을 힐끗 쳐다봤다. 검날은 반절도 남아 있지 않았다.

블랙해머는 승기를 잡았다는 생각에 더욱 크게 웃으며 달려들었다.

'마검.'

강해는 모든 마나를 검으로 쏟아 부었다.

쩽!

블랙해머가 다시 한 번 양손을 크게 휘둘렀지만, 강해는 마검으로 튕겨냈다.

놈은 계속해서 양손을 휘두르며 공격했다.

강해는 모든 공격을 마검으로 튕겨냈다.

아무리 지능이 낮은 블랙해머라도 이상함을 느꼈다.

어째서 이 인간은 막기만 할까, 왜 아까 전과 다르게 공격하지 않을까.

블랙해머는 그런 위화감 속에서도 계속해서 양손을 휘둘렀다.

쩌어어어엉—!

놈의 망치와 같은 오른손의 일부분이 부서져 날아갔다.

강해의 양손에 쥐어진 마검은 처음보다 1.5배 이상 커져 있었다.

그의 입가에 미소가 번졌다.

[최강해]

나이 : ???

신장 : 186cm

체중 : 93kg

종족 : 인간

특성 : 버서커

근력 (???) 체력 (???) 민첩성 (???)

정신력 (251) 주문력 (253) 잠재력 (???)

강해가 마검을 다시 한 번 휘둘렀다.

쩌어엉!

블랙해머의 왼손도 박살났다.

더 이상 정신력과 주문력의 상승은 없었다.

"이제 끝이군. '

그가 마검을 해제하고, 손에서 부러진 검을 놓았다.

강해의 오른팔에 검은 마나가 타오르듯 높이 치솟으며 휘감겼다.

'광마의 일격.'

블랙해머는 기괴한 소리를 내며 부서진 양손이라도 휘두르려 했다.

강해가 오른쪽 주먹을 크게 내질렀다

퍼엉―!

검은 마나가 폭발하듯 블랙해머를 덮쳤다.

강해가 오른손을 내렸고, 블랙해머는 여전히 양발로 서 있었다.

상반신은 완전히 증발해 있었지만.

던전 내에는 진동이 울리기 시작하며 모든 몬스터가 죽었음을 알렸다.

정확히는 마족이…

❖

쿵.

하반신만 남아 있던 블랙해머가 뒤로 넘어갔다.

강해의 머릿속에 문구가 떠올랐다.

〈모두 처리! 능력치 포인트 7을 얻으셨습니다.〉

강해는 마나를 거두고는 고개를 좌우로 까딱거렸다.

그는 포인트를 정신력에 4, 주문력에 3을 투자했다.

'던전에서 얻는 포인트는 의미가 없구만… 그냥 싸우는 편이 훨씬 빨라.'

예리나는 그제야 천천히 걸음을 옮겨 그에게로 다가갔다.

"괜찮아요?"

"나보고 괜찮냐고 묻는 거야?"

"네."

그녀는 눈을 똑바로 마주쳤다.

강해는 피식 웃으며 말했다.

"당연히 괜찮지. 다쳤다고 할만한 것도 없어."

"신체적인 거 말고요."

"무슨 말인지 알아. 그 부분도 문제없어. 이렇게 산지 오래 됐으니까."

"그런가요…."

강해는 속으로 대답했다.

'그래, 40년도 넘었으니까.'

예리나는 주위를 둘러봤다. 수십 명의 '검에 산다' 클랜원들과 블랙해머들의 피와 시체로 엉망이었다.

"얼른 여기서 나가죠. 해체업자들 불러서 정리하면 되겠지만…."

그녀는 시체들을 쳐다본 뒤 말을 이었다.

"이걸 전부 보일 수는 없으니, 블랙해머들만 따로 옮겨야겠네요. 무기들도 챙기고요."

"별 반응이 없네?"

"뭐가요?"

"아니다. 하긴…."

예리나가 헛웃음을 치면서 말했다.

"클랜원들을 전부 죽인 거에 대해서 말한 거예요? 블랙마켓에 정면으로 쳐들어가서 전부 쓸어놨던 사람이 그런 걸 신경 써요?"

"그래서 말하다 만 거잖아."

"아무 죄 없는 사람을 해친 거도 아니잖아요? 암묵적인 룰을 어기긴 했지만, 결과적으로는 범죄자들을 잡은 거였잖아요. 그런데 던전을 따라 들어와서 습격했으니 최악인 놈들이었죠."

그녀는 죽은 '검에 산다' 클랜원들을 훑어보고는 미간을 찡그렸다.

"이런 것만 봐도 제가 협회나 클랜을 싫어하는 이유가

드러나죠. 결국 자기들 기준에 맞지 않으면 이런 식으로 나오니까요. 솔직히 블랙마켓과 다를 바가 없죠."

강해는 그저 고개를 가볍게 끄덕이고, 속으로 생각했다.

'나 역시… 내 기준을 세워 판단하는 건 다를 바 없지.'

예리나가 말했다.

"아무튼 빨리 시체들 옮긴 다음에 처리업자한테 연락하죠.'

그녀는 양손에 각각 블랙해머의 시체를 잡고 질질 끌며 걸음을 옮겼다.

강해 역시 블랙해머 시체 두 구를 끌며 말했다.

"그래도 네가 그렇게 시체를 끄는 모습을 보니까 괜히 이상하네."

"이런 건 옛날부터 익…."

그녀는 말을 잠시 멈췄고, 걸음을 서둘렀다.

"아무튼 빨리 가요."

두 사람은 던전의 입구 쪽으로 블랙헤머들의 시체와 무기들을 전부 옮긴 뒤 처리업자를 불렀다.

처리업자들 중 가장 직함이 높은 남자가 능글거리며 말했다.

"무기들 보니까… 전부 직접 사용한 것 같지는 않고, 죽은 사람들 좀 있는 거 같은데. 맞죠?"

예리나가 고개를 끄덕였다.

"네, 안타깝게도…."

"삼가 고인의 명복을 빕니다."

남자는 얼굴을 가까이 들이밀고, 왼쪽 손등을 오른쪽 입가로 가져갔다.

"이런 거… 말씀드려도 되나 모르겠는데, 저희 업체 계열사 중에 상조회사도 있습니다."

그는 명함을 내밀며 말을 이었다.

"필요하시면…."

"아, 예."

예리나가 명함을 받았고, 처리업자들은 세 시간 내로 계좌이체가 될 거라는 것을 알려주곤 자리를 떴다.

무기들과 블랙해머들의 시체와 갑옷들을 전부 포함해 총 2억 원에 가까운 수익을 얻었다.

강해는 지니고 있던 가고일 너클과 투혼의 아대까지 팔아 수천만 원을 더 챙겼다.

10성 던전의 보상금은 1인당 기본 1,000만 원부터 시작인데, 예리나의 이름은 올리지 않았다.

강해가 나지막이 말했다.

"마석이 안 나와도 엄청 벌어들이는구만."

"그렇다고 볼 수도 있지만, 사실 무기들까지 같이 처리한 덕분이죠. 블랙해머 자체는 돈이 안 돼요. 손의 망치나 몸에 두른 갑옷 전부 연마가 잘 안 되는 것들이라…."

그녀는 한숨을 가볍게 내쉰 뒤 말을 이었다.

"그마저도 대부분 박살낸지라… 마석이야 원래 잘 안 나오고요. 10성 중에서도 웬만한 헌터들은 근처조차 접근하기 힘들 정도로 마력을 뿜어내는 곳이어야 하죠."

강해가 미간을 살짝 찡그렸다.

"마력?"

"네, 마력이요."

던전에서 느껴지는 마나와 비슷한 것, 몬스터가 뿜어내는 힘.

그것들은 전부 헌터들이 뿜어내는 마나와 비슷하지만, 분명히 달랐다.

마족들도 그와 같은 힘을 쓰고, 이를 마력(魔力)이라 불렀다.

예리나가 말했다.

"사실 그냥 마나라고도 하긴 하지만요. 느껴질 때의 느낌만 좀 다를 뿐, 사실상 같으니까요."

그녀는 강해를 위아래로 가볍게 훑었다.

"당신도 알죠? 본인이 가끔 그런 느낌을 내뿜는 거. 분명 다른 헌터들처럼 마나를 쓰긴 하지만… 조금 이상하달까요?"

"그래서 뭐 문제되나?"

"아니요, 그렇지는 않죠. 그냥 그렇다는 거예요. 조금 특이하다는 거지. 조금 다른 느낌으로 힘을 뿜어내는 헌터들은 원래 있으니까요."

강해가 고개를 끄덕거리며 말했다.

"그래, 너도 그렇지."

"네? 그건 무슨 말이죠? 저는 다른 헌터들하고 다르게…."

"지금은 아니지만, 그렇게 될 거야."

예리나는 눈썹을 찡그리며 질문을 던지려 했지만, 강해의 표정을 보고는 말을 멈췄다.

강해는 여러 가지 생각들을 정리하고 있었다.

마력.

그것은 이미 강해가 알고 있는 것이다.

마족.

더 판타지아에서 죽이고 또 죽였던 지겨운 존재들이다. 마력은 놈들의 힘이고.

그 익숙함을 잘 알고 있고, 예상이 들어맞고 있었다.

강해가 수십 년 전에 맨홀에 빠져 더 판타지아로 가게 됐을 때, 그리고 지금 세계로 오면서 지난 터널까지.

전부 마력을 지니고 있다.

'아무래도… 이쪽 세계를 넘보고 있는 거 같은데 말이지.'

몬스터들은 마력을 지니고 있지만, 던전과 같은 것을 만들어 넘어오려 하지 않는다.

그럴 만한 지능도 없고, 이유도 없다.

하지만 마족이라면 가능하다.

강해는 던전이 또 다른 형태의 터널이라 생각했다. 그리고 또 다른 형태의 더 판타지아 혹은 그와 같은 세상이라고.

'이런 지랄 맞을…'

예리나가 걱정스러운 목소리로 물었다.

"괜찮아요? 무슨 생각을 그렇게 해요?"

강해는 오른손을 들어 보였다.

"잠깐, 잠깐만…"

강해는 눈썹을 찡그린 채 이를 악물었다.

'이런 식이라면…'

그는 나름의 추측을 했고, 거의 확실하다고 여겼다.

'이 모든 것은 일종의 튜토리얼 같은 거다. 그래, 튜토리얼에 불과해.'

마족들은 언제나 식민지와 노예를 원한다. 그 대상은 지성이 있고, 문명이 있는 생명체.

놈들에게 인간은 최고의 노예이고, 지구는 최고의 식민지가 되기에 충분하다.

더 판타지아 혹은 또 다른 세계에서 놈들이 터널, 던전을 통해 인간들을 지배하기 위해 습격해오는 것이다.

위험요소인 헌터들, 특히 강한 힘을 가진 이들은 당연히 죽이려 하고, 일반인이나 약한 이들은 노예가 되는 이야기.

던전 자체에서 퀘스트처럼 머릿속에 퍼지는 문구, 그리고 분명한 보상.

자신의 힘을 수치화시킨 능력치, 알기 쉬운 특성 등은 마족의 의도가 아니다.

신 혹은 그에 상응하는 존재, 정확히는 알 수 없지만 인간이 그대로 멸망하지 않길 바라는 무언가가 준 기회라 볼 수 있었다.

강해가 더 판타지아에 처음 가게 됐을 때처럼.

그는 인상을 구긴 채 두 주먹을 꽉 쥐었다.

예리나는 걱정스러운 표정으로 그저 지켜보고 있을 뿐이었다.

이해가 되지 않는 점은 어째서 마족이 다른 세계와 지금 세계를 잇는 길을 만들어낸 것인지에 대해서였다.

이 부분은 아직 알 수 없었다.

아무리 강해라도 지금 바로 전부 파악해낼 수는 없었다.

하지만 지금 당장 해야 할 것은 분명했다.

'헌터들이고 몬스터고 10성까지 존재하지만, 그 이상이 있는 이유가 있다.'

그는 미간에 주름이 깊게 새겨졌다.

'10성까지가 튜토리얼인 거다. 10성부터 모든 게 시작인 거야. 애초에 등급 따위, 인간들끼리 정한 수치… 직접 맞붙고, 끝까지 서 있는 놈이 더 강한 거다.'

언제 더 강력한 놈들이 이곳에 올지 모르는 일이었다.

인간들은 대비해야 했다.

하지만 그들은 지금 생겨나는 던전들과 몬스터들도 전부 정복했고, 먹이사슬 피라미드의 정점에 위치했다고 생각한다.

'내가 알려야 된다. 더 강한 헌터들이 많이 필요할 거다. 나 혼자서 전 세계를 다 지킬 수는 없어. 이런 식으로는 안 된다. 내가 막으려면….'

강해가 고개를 확 쳐들었다.

'내가 그쪽으로 넘어가는 수밖에.'

하지만 당장 그 방법을 알아내기란 불가능했다.

'젠장….'

그가 입을 열기까지 기다리던 예리나가 눈썹을 살짝 찡그리며 답답한 듯이 물었다.

"왜 그래요? 무슨 말이라도 좀 해봐요."

강해는 그제야 그녀와 눈을 마주쳤다.

"던전은 이대로 두면 사라지지?"

"그렇… 죠?"

"안쪽에 버려둔 시체들도 같이 묻혀서 사라지는 건가?"

"그렇죠. 그래서 실종사고가 많이 일어나죠. 던전에서 살해되거나, 혹은 밖에서 죽인 뒤 던전에 넣어버리죠. 그럼 몬스터들이 먹어치우든 던전과 함께 사라지든 하니까요."

강해는 천천히 고개를 끄덕거렸다.

'나중에 시도해볼 가치는 있겠어….'

그는 예리나와 눈을 마주치며 말했다.

"일단 가지."

"네? 어디를요?"

"여기서 나가야 될 거 아냐."

"아, 네. 그렇죠."

두 사람은 던전 밖으로 걸음을 옮겼다.

강해가 물었다.

"여기서 더 있다가 갈까?"

"있긴 뭘 더 있어요."

"아니, 진짜로. 어차피 던전이 재구성되려면 시간이 꽤 걸리잖아. 여기서 훈련하자고."

"여기서요?"

"그래, 어차피 우리 노리는 놈들 한 트럭일 텐데… 일단 네가 빨리 강해져야 되거든."

예리나는 곰곰이 생각하는 듯하더니 고개를 끄덕거렸다.

"그래요. 따라야죠, 별 수 있나요?"

"좀 서둘러야 될 거야."

"뭘를요?"

"강해지는 거."

"당연히 빨리 강해질 수 있다면 좋긴 한데… 갑자기 왜요? 너무 서둘러도 안 좋지 않아요?"

"차차 말해줄게. 지금 당장 무슨 일이 생겨도 이상할 게 없거든."

예리나는 고개를 갸우뚱거리다가도 현재 타깃이 된 상태이니 그러려니 했다.

텅!

강해가 두 주먹을 맞부딪쳤다.

"그리고 내가 마음먹고 가르치면 당연히 빨리 강해질 수 있다. 너는 그런 잠재력을 가지고 있기도 하고."

그는 고개를 좌우로 까딱인 뒤 물었다.

"아, 그리고 던전에 진입할 때랑 몬스터들을 전부 처리했을 때 떠오르는 문구 있잖아?"

"그건 왜요?"

"너도 능력치 포인트가 생겼어?"

"4요."

"그래?"

강해는 떨떠름한 표정을 지었다.

'리나는 한 것도 없고, 난 죽어라 싸웠는데도 그러네… 나는 원래 이곳에서 포인트를 얻을 수 없을 만큼 한참 벗어나 있겠지만, 정신력과 주문력이 낮은 덕분에 포인트를 얻는 거겠지.'

예리나가 물었다.

"왜요?"

"아니야. 바로 시작하지."

강해는 곧바로 바닥을 박차고 튀어나가 순식간에 예리나의 코앞으로 다가서서 주먹을 치켜들었다.

"다시 한 번 말하지만, 죽을 각오로 해라."

파앙!

그는 아무런 거리낌 없이 주먹을 내질렀고, 예리나는 양 팔을 들어 방어했다.

그녀의 몸이 붕 떠서는 뒤로 5m 이상 밀려났다.

예리나는 사뿐히 착지해 눈썹을 찡그렸다.

강해의 주먹을 막아낸 양팔은 강렬한 저릿함과 함께 부 들부들 떨렸다.

"또 간다."

강해는 또다시 바닥을 박차고 튀어나갔다.

그는 그녀의 코앞에서 오른발을 들어 올렸다.

'블루, 헤이스트, 페더.'

후웅—!

예리나는 깃털처럼 가벼워진 몸으로 순식간에 거리를 벌 렸다.

강해는 천천히 몸을 틀며 씩 웃었다.

"좋아…"

그의 사지가 검은 마나로 뒤덮였다.

'광마의 사지.'

강해는 두 주먹을 꽉 쥐며 말했다.

"다시 간다."

예리나는 입을 굳게 다물며 자세를 잡았다.

'오렌지, 아이언 피스트, 아이언 레그.'

그녀가 바닥을 박차며 튀어나갔고, 강해는 미소를 머금은 채 받아칠 준비를 했다.

❖

두 사람은 던전의 입구 쪽에서 계속해서 훈련을 했다.

강해는 여유가 넘치는 얼굴로 멀쩡히 서 있었고, 예리나는 거친 숨을 몰아쉬었다.

그녀는 마나만 사용하는 강해조차 당해낼 수 없었다. 이기고 지고의 문제를 떠나 제대로 된 한 방을 먹인 적이 없었다.

예리나는 분하다는 듯이 인상을 찡그렸다.

강해가 미소를 머금은 채 말했다.

"훌륭해. 완벽한 움직임이야."

NEO MODERN FANTASY STORY

16. 경고

만렙
버서커

16. 경고

"지금 누구 놀려요? 몇 시간 동안 전 당신을 한 번도 때리지 못했다고요."

예리나가 눈을 흘겼다.

강해는 피식 웃으며 말했다.

"그냥 하는 소리가 아니야. 네 움직임은 정말로 완벽해. 내가 가르칠 것이 없을 정도로 말이지. 아마 그러한 움직임을 익히기 위해서 엄청난 훈련을 했을 거 같은데…."

"……."

"문제는 변수가 없다는 거야."

"변수요?"

강해가 고개를 끄덕였다.

"그래, 변수. 당연히 이기는 싸움만 해왔겠지. 패배는 곧 죽음일 수 있으니 당연한 거지만…."

그는 미간을 찡그리고 말을 이었다.

"그러니까 그 움직임으로 제압할 수 있는 놈들하고만 싸웠다는 거야. 너보다 강한 상대하고는 제대로 맞붙은 적이 없겠지. 아니면 어떤 수도 써볼 수 없을 만큼 힘의 차이가 났거나…."

예리나는 아무 말도 않고 가만히 서 있었다. 하지만 그 표정에서 정곡을 찔렸음을 읽을 수 있었다.

강해가 말했다.

"그리고 하나 더… 이상한 점이 있어."

"뭐가요?"

"왜 다른 기술은 안 쓰지?"

"무슨 말이죠?"

"두 가지 의미인데… 우선 첫 번째부터 말하지. 네 특성은 레인보우잖아. 지금 전투를 하는 걸로 봐서는 마나를 일곱 가지로 변형시키는 거 같은데, 맞지?"

예리나가 고개를 끄덕였다.

"맞아요."

"그런데 블루, 레드, 오렌지 세 가지 색만 사용했잖아. 세 가지밖에 못 쓰는 건가? 아니면 일부러 쓰지 않는 건가?"

"……."

"예상대로군… 그리고 네 움직임, 그건 지금과 같은 전투방식이 아니야. 네가 다른 장비를 특별히 쓰지 않는 것만 봐도 알 수 있어."

"……."

"쓰기 싫은 이유가 있겠지. 하지만 그건 네 자신이야. 절대 속일 수 없어. 그렇게 해서는 평생 강해질 수 없다. 네 목표를 꺾을 수도 없고."

예리나는 미간을 찡그린 채 말했다.

"안 쓰고도 할 수 있어요."

강해는 단호하게 말했다.

"아니, 못해."

"……."

"이제 곧 여기를 빠져나갈 거야. 그리고 내가 중대한 얘기를 해줄 거다. 우리를 노리는 타깃이나 그런 건 아무것도 아니야. 전 세계, 모든 인류가 달린 문제다."

"무슨 말이죠?"

"일단 내 말을 들어."

강해는 미간을 찡그린 채 말을 이었다.

"네가 나한테 붙어 다니는 건 괜찮아. 다만, 가지고 있는 힘 전부를 쓸 생각이 아니라면 훈련은 그만두겠다."

"하지만…."

"네가 숨기고 있는 비밀과 연관이 있는 거겠지. 아마 지금 모든 힘을 끌어내도… 내 생각에 너는 일곱 가지 형태로 마나를 전부 다루지 못해. 맞나?"

"······맞아요."

"아마 다섯 가지 정도인가?"

"거의 그렇다고 할 수 있죠."

"일단 나가지. 나가면서 지금 내가 예상한 상황에 대해서 말해주겠어. 그리고 결정해."

강해가 몸을 돌려 걸음을 옮겼고, 예리나는 착잡한 표정으로 뒤를 따랐다.

던전을 빠져나온 두 사람은 예리나의 집으로 향했다.

천천히 걸음을 옮기며 강해는 자신이 예상한 바를 설명했다.

그는 자신이 더 판타지아에 있었다는 것만을 제외하고 얘기했다.

주된 말은 던전이 다른 차원의 공간과 이어지는 곳이고, 마족이 침범할 거라고.

예리나는 헛웃음을 쳤다.

"지금 농담해요?"

강해는 두 눈을 똑바로 마주치며 말했다.

"진심이다."

"······."

"놈들은 반드시 온다. 10성에서도 힘 차이가 큰 이유가 뭐겠어? 아마 어떤 지점에 다다르면 던전에서 포인트를 거의 얻지도 못할 거야. 맞지?"

"그렇긴 하죠. 하지만 그건⋯."

"이 모든 게 시작에 불과하다는 거야. 이곳의 기준으로 10성이 돼야 그나마 마족과 맞설 수 있는 최소의 기준을 갖추는 거고."

예리나가 미간을 찡그리고 말했다.

"하지만 너무 황당한 얘기에요. 이미 이런 상태가 거의 20년 가까이 유지됐는데, 지금 와서 갑자기 그런 일이 일어날 수 있다는 걸 누가 믿겠어요?"

"이건 내 예상인데⋯ 아마 던전이 처음부터 10성급이 우후죽순으로 생겨나진 않았을 걸? 맞나?"

"맞아요."

"대비할 수 있게끔 생겨났겠지. 천천히 강한 것들이 나왔을 거야."

"⋯⋯맞아요."

강해가 확신에 찬 눈빛을 보였다.

"그냥 이 세계가 무너지지 않도록 최소한의 준비기간을 준 거다. 아마 이쪽에서도 처음에는 마족에 관심을 가졌을 거야. 보통 몬스터와는 다르니까. 지성도 있고, 종족도 따로 분류되고, 잠재력 등⋯."

"그렇죠."

"하지만 몬스터들과 크게 다른 점을 못 느끼고 그에 대한 연구를 그만뒀겠지. 혹은 알아낼 수 없었고."

"⋯⋯."

강해가 물었다.

"마족이 처음 이 세상에 생긴 게 언제지?"

"그게… 잠시만요."

예리나는 휴대폰을 꺼내들어 검색을 통해 확인한 뒤에 말했다.

"올해로 딱 17년째예요."

강해는 더 판타지아에서의 기억을 힘겹게 떠올렸다.

당시 최후까지 남은 마족들의 숫자는 총 153.

그때 놈들을 전부 없애면 신성한 빛이 더 판타지아에 드리울 것이고, 평화가 찾아온다고 했었다.

강해가 모든 마족들을 없앴을 때 실제로 그렇게 됐고.

17까지의 모든 자연수를 더하면 153.

지금 세계에 마족이 모습을 드러낸 지 17년째.

강해는 그 17이 의미를 가졌을 거라 생각했다.

올해가 마족들이 모습을 드러낼 때라고.

"인간들은 대비해야 돼. 놈들이 이곳으로 넘어오기 전에 먼저, 우리가 그곳으로 가야 된다."

강해가 말했다.

예리나는 미간을 찡그렸다. 그의 말을 전부 믿을 수는 없었다. 그저 황당무계한 말로만 들렸다.

하지만 여태까지 강해가 한 말 중에서 틀린 것은 없었다.

그녀가 모든 힘과 기술을 사용하지 않는 것이나 과거의 비밀과 연관이 있을 거라는 점까지 전부 파악했다.

누군가를 신뢰할 때 반드시 근거에만 입각해서 믿기는
것은 아니다.

예리나에게는 강해가 그랬다.

"그래서 어떻게 해야 된다는 건데요?"

그녀가 물었다.

강해는 팔짱을 낀 채 곁눈질로 그녀를 쳐다보며 대답했
다.

"나는 네가 죽길 바라지 않아. 그러려면 더 강해져야 돼.
하지만 자신을 속이면서 힘을 억제하면 절대 강해질 수 없
다."

"……."

"네가 힘을 전부 쓴다면, 그때 내가 더 강해질 수 있도록
만들어주지. 일주일만 지나도 지금과는 비교가 안 되게 만
들어줄 수 있어."

"일주일이요?"

강해가 고개를 끄덕였다.

"그래, 일주일. 그거면 지금과는 비교도 안 되게 강해질
수 있어. 넌 지금도 충분히 강하고, 그럴 잠재력이 있다. 약
간 긴가민가했는데, 이제는 다시 확신할 수 있어."

그는 예리나와 두 눈을 똑바로 마주쳤다.

"적어도 지금까지 내가 이곳에 와서 본 인간들 중에서는
네가 제일 강하다. 그리고 내가 살면서 본 인간들 중 가장
강해질 수 있다."

예리나는 큰 눈을 깜빡거리기만 했다.

강해가 피식 웃었다.

"그렇다고 나보다 강해질 수 있다는 건 아니고."

"방금…."

"……?"

"방금 한 말 진짜인가요?"

"뭐, 강해질 수 있다는 거?"

"네, 그거요."

"당연하지. 훈련을 어떻게 시킬지는…."

강해는 검지로 자신의 머리를 톡톡 치며 말을 이었다.

"여기에 전부 들어 있다."

예리나는 고민하는 듯했다.

강해가 말했다.

"그리고 지금 네 상태로는 내 훈련에도 아무 도움이 안 돼."

"그건 또 무슨 말이죠?"

강해는 던전 입구 안쪽에서 예리나를 상대하면서 주문력이나 정신력이 1도 오르지 않았다.

어디까지나 생사를 건 혈투가 아니라, 훈련이라서 그런 탓도 있겠지만, 예리나가 힘을 제대로 쓰지 않은 탓도 있었다.

그녀의 집에 가까워질 즈음이었다.

강해가 갑자기 걸음을 멈췄다.

"왜 그래요?"

예리나가 물었다.

강해는 주위를 둘러보며 나지막이 말했다.

"아무래도 네가 결정할 때가 온 거 같다."

"네? 뭘를 결정해요?"

"힘을 제대로 쓸지 말지를."

그가 말을 마치는 순간이었다.

그의 머리 위로 검이 날아들었다.

'광마의 팔, 광마의 일격.'

쩌엉—!

강해가 오른팔을 위로 휘둘러 막아냈고, 한 남자가 공중
에서 빙글빙글 돌고는 바닥에 착지했다.

긴 장발에 날카로운 인상의 남자였다.

[최준상]

특성 : 바람

잠재력 : 982

그는 칼집을 차고 있지는 않았지만, 기다란 장검을 허리
춤에 대고 있었다.

[나찰의 혼이 깃든 장검]

특성 : 사슴

근력 : +1 주문력 : +1

강해는 그의 무기를 흥미롭게 쳐다봤다.

'사슴?'

최준상은 검을 쥔 채 두 눈을 번뜩였다.

"네놈들의 목을 가지러 왔다."

강해가 피식 코웃음을 쳤다.

"고전적이구만. '검에 산다' 클랜인가?"

"그렇다. 부클랜장이다. 우리 클랜원들을 손본 건 네놈이겠지."

"그놈들이 먼저 우리의 목을 노리니 가만히 앉아서 당할 수는 없지 않은가?"

"……."

강해가 예리나에게로 시선을 옮겼다.

"저놈은 네가 상대해."

"제가요?"

"그래."

"무슨 말을…."

"네가 충분히 이길 수 있어."

"나는 아까 그 강준현이라는 남자도 이길 수 없어요. 그런데 어떻게…."

강해가 그녀의 말허리를 잘랐다.

"네 힘을 전부 쓰면 충분히 가능해."

최준상이 이를 뿌득 갈았다.

"지금 누구를 앞에 두고…"

'바람의 길.'

휘이이이잉—

연한 회색 마나가 바람처럼 일었다.

최준상은 그 바람을 타고 바닥을 미끄러지듯 이동해 순식간에 다가왔다.

"둘 다 한 번에 베어주마."

'피바람.'

쉭—!

강해가 예리나의 뒷덜미를 잡은 채 뒤로 피해냈다.

최준상이 미간을 더욱 찡그렸다.

'뭐지…? 놈도 바람을 쓰는 건가?

진한 피비린내가 스멀스멀 올라와 사방에 번졌는데, 강해가 힘을 거두자마자 사라졌다.

강해가 예리나의 몸에서 손을 떼고, 뒤로 물러섰다.

"두 번 말하지 않는다. 네가 상대해. 이미 구해줬으니 다음은 없어. 알아서 처리해."

예리나는 미간을 찡그리며 말했다.

"저한테까지 피해가 오지 않도록 알아서 막아준다면서요."

"단순히 보호받는 게 아니라, 강해지고 싶다며. 앞으로 그럴 필요도 있고. 그러니까 끼어들지 않을 거다."

그는 최준상에게로 시선을 옮기고 말을 이었다.

"그리고 아마… 저놈이 죽으면 클랜장도 올 거 아냐? 그놈은 내가 상대하지."

최준상의 얼굴이 더욱 일그러졌다.

"이것들이…!"

그는 여전히 발도술 자세를 유지한 채 미끄러지듯 빠르게 다가왔다.

'바람 족제비.'

쉭쉭쉭쉭쉭쉭쉭쉭쉭쉭!

최준상이 엄청난 속도로 검을 휘둘렀다. 그는 오른팔 외에는 거의 움직임이 없었다.

불필요한 움직임을 완전히 걷고, 절제된 공격이었다.

예리나는 가까스로 뒤로 몸을 날려 피해냈지만, 여기저기 생채기가 났다.

강해는 제자리에서 한 발짝도 움직이지 않고, 팔짱을 낀 채 지켜보고 있었다.

'다 끝나면 약 발라줘야겠네.'

그는 아무렇지 않은 것처럼 서 있었지만, 왠지 모르게 오른손에는 힘이 잔뜩 들어가 있었다.

최준상은 다시 뱀처럼 바닥을 미끄러져서 거리를 좁혔다.

'바람 족제비.'

쉭쉭쉭쉭쉭쉭쉭쉭!

그는 전보다 더 빠른 속도로 검을 휘둘렀다.

'블루, 헤이스트, 페더.'

예리나는 1mm의 차이로 피해내고 있었다.

최준상이 미간을 찡그렸다.

'바람의 검 오의, 바람 칼날.'

촤촤촤촤촤촤촤촤악!

그가 검을 크게 휘둘렀는데, 연회색 마나의 칼날 수십 개가 예리나를 덮쳤다.

'오렌지, 아이언 피스트, 아이언 레그.'

터터터터터터텅!

그녀는 민첩성이 올라간 상태로 단단해진 두 주먹과 양발을 사용해 칼날을 맞받아쳐 막아냈다.

하지만 최준상의 속도가 위였다.

슈칵! 쿵!

예리나는 복부에 바람 칼날을 맞고 뒤로 튕겨져 나갔다.

〈3권에서 계속〉

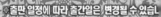

이계황제

헌터정복기

에르하임 제국의 황제 칼스타인은 친정이 끝난 후
복귀해 오랫만에 잠에 빠지는데.
잠에 빠진 채 기이한 느낌에 눈을 뜬 칼스타인은
자신이 영혼의 상태인 것을 느낌과 동시에
다른 이의 상단전에 자리 잡았음을 느끼고
혼이 이미 빠져 나간 육신을 장악하는데.

그렇게 장악한 몸의 주인 이수혁으로 지구에서
깨어나게 된 칼스타인은 다시 잠에 들면
자신이 살던 차원으로 돌아오는 것을 알게 되고.

지구의 이수혁의 몸으로 수련을 하던 중
막혀 있던 자신의 경지를 깰 수 있는 방법이
지구에서의 수련임을 깨닫게 됨과 동시에
이수혁으로서의 삶도 조금씩 중요하게 여기게 되는데.

다시금 인연을 맺게 된 어머님의 건강을 찾고

자신의 무에 대한 갈망을 충족하기 위한
이계의 절대자 칼스타인의 헌터정복기 시작된다.

아르케현대판타지장편소설